REBIRTH
ACE 라버스 에이스

REBIRTH
ACE 리버스 에이스 13

한승현 장편 소설

초판 1쇄 찍은 날 | 2017년 8월 25일
초판 1쇄 펴낸 날 | 2017년 9월 1일

지은이 | 한승현
펴낸이 | 예경원

기획 | 위시북스
편집책임 | 이규재
편집 | 이즈플러스

펴낸곳 | 예원북스
등록번호 | 제396-2012-000132호
등록일자 | 2012. 7. 25
KFN | 제1-144호

주소 | 경기도 고양시 일산동구 호수로 646-24 위너스21 II 빌딩 206A호 (우)10401
전화 | 031-819-9431 팩스 | 031-817-9432
E-mail | yewonbooks@naver.com

ISBN 979-11-6098-436-1 04810
      979-11-5845-486-9 (set)

REBIRTH ACE
리버스 에이스

WISHBOOKS MODERN FANTASY STORY

한승현 장편소설

13

양키즈의 변화

Wish Books

REBIRTH ACE
리버스 에이스

CONTENTS

76장
브라이언 캐시 단장의 선택(1)

"허……!"

방망이 한 번 휘둘러 보지도 못하고 스탠딩 삼진을 당한 미구엘 카레라가 질렸다는 눈으로 한정훈을 바라봤다.

전광판에 찍힌 구속은 무려 105mile/h(≒168.9㎞/h).

체감 구속은 그보다 3마일 이상 빠르게 느껴졌다.

'이건 칠 수 있는 공이 아냐.'

미구엘 카레라가 절레절레 고개를 흔들었다.

전성기 때 한정훈을 상대했다면 또 몰라도 은퇴를 앞둔 지금의 스윙 스피드로는 한정훈의 포심 패스트볼을 따라잡기가 버거워 보였다.

"후우……."

미구엘 카레라가 이내 더그아웃으로 발걸음을 옮겼다.

그러자 타이거즈 선수들이 괜찮다며 미구엘 카레라를 반겼다.

"영감님, 어때요? 진짜 빠르죠?"

"그래, 네 말대로 장난 아니더라."

"저 녀석 분명 뭔가 있다니까요. 분명 제대로 스윙을 했는데 공이 맞질 않아요."

"그건 네 녀석 스윙이 형편없어서 그런 거고."

"조만간 은퇴하고 구장에서 핫도그나 팔 영감이 못하는 소리가 없네요."

연승을 이어가지 못했지만, 타이거즈 더그아웃의 분위기는 밝았다.

한정훈의 퍼펙트게임을 깨뜨렸고 에이스 대런 노리스가 되살아났다.

무엇보다 시리즈 전적 2승 1패로 양키즈에게 위닝 시리즈를 거두었다.

3연승을 거두었다면 더 좋았겠지만 3억 5천만 달러의 사나이 한정훈의 등판이 끼어 있었다는 걸 감안하면 최고의 결과라 봐도 무방해 보였다.

반면 양키즈 더그아웃의 분위기는 싸늘하기만 했다.

1 대 0의 신승을 거두며 4연패에서 탈출했음에도 누구 하

나 소리 내서 웃는 선수가 없었다.

대부분의 선수는 한정훈의 눈치를 살폈다.

양키즈에 입단해 이제 고작 두 경기째 선발 등판한 루키에 불과했지만, 그 누구도 한정훈을 감히 루키처럼 대하지 못했다.

지난 경기에서 1피안타 완봉을 거둔 데 이어 오늘 경기에서는 퍼펙트게임을 달성할 뻔했다.

이 정도 경기력을 선보이는 괴물이라면 연차를 떠나 에이스라 인정하지 않을 수가 없었다.

"잘 던졌다. 수고했어."

선수들을 대신해 조지 지라디 감독이 손을 내밀었다.

"감사합니다."

한정훈이 가볍게 고개를 숙였다.

그리고는 무표정한 얼굴로 더그아웃 안으로 사라져 버렸다.

그 모습을 숨죽여 지켜보던 양키즈 선수들이 비로소 하나둘씩 숨소리를 내기 시작했다.

그중에는 한정훈의 퍼펙트게임을 날려 먹었던 스탈린 카이스트로도 포함되어 있었다.

"짜식, 생긴 것답지 않게 의외로 소심하잖아?"

스탈린 카이스트로가 이죽거리듯 말했다.

순간 몇몇 선수의 날 선 시선이 날아들었지만, 스탈린 카이스트로는 신경조차 쓰지 않고 제리 산체스의 옆으로 다가갔다.

그리고는 뭔가를 쑥덕거리더니 서로의 주먹을 부딪쳤다.

"스탈린! 그 엉성했던 플레이는 뭐야!"

보다 못한 로비 토마스 벤치 코치가 벌게진 얼굴로 다가가 스탈린 카이스트로를 공개적으로 질책했다.

경기에서 이기긴 했지만, 한정훈의 퍼펙트게임을 날려 먹고도 일말의 반성조차 없는 스탈린 카이스트로를 보니 자신도 모르게 열이 받은 것이다.

그러나 스탈린 카이스트로는 한결같이 뻔뻔했다.

"코치! 그건 내 잘못이 아니라니까요? 아까 봤지만 난 깊숙하게 수비하고 있었다고요."

"벤치에서 아무런 사인도 나가지 않았잖아! 왜 그렇게 깊이 수비했던 거야?"

"무슨 소리예요! 분명 사인이 났는데."

"대체 누가 사인을 냈다는 거야!"

"와, 미치겠네. 분명 누군가 나한테 사인을 줬다고요. 깊숙이 수비하라고. 그래서 난 지시받은 대로 선 것뿐이에요!"

로비 토마스 코치와 스탈린 카이스트로의 언쟁은 조지 지라디 감독이 나설 때까지 계속됐다.

"됐어, 로비. 이미 지난 일이니까 이쯤 해둬."

조지 지라디 감독이 로비 토마스 코치를 진정시켰다.

아울러 스탈린 카이스트로에게는 마지막까지 경기에 집중하라고 주의를 주었다.

"쳇, 왜 나만 가지고 그래요?"

스탈린 카이스트로가 억울하다는 투로 조지 지라디 감독의 옆을 스쳐 지났다.

하지만 그것도 잠시.

더그아웃을 빠져나가기가 무섭게 자신을 기다리던 제리 산체스, 루이스 로베이노와 한데 뭉쳐 깔깔거리며 사라졌다.

세 악동이 남긴 웃음소리가 통로를 지나 더그아웃 안까지 울려 퍼졌다.

자연스럽게 더그아웃에 남아 있던 코칭스태프와 선수들의 얼굴이 와락 일그러졌다.

"로비, 정말로 사인을 낸 건 아니지?"

"제가요? 조지까지 절 의심하는 겁니까?"

"아니, 그저 최종적으로 확인하려는 것뿐이야."

"절대 아닙니다. 혹시 모르죠. 제 두 팔이 외계인에게 지배를 당해서 제멋대로 움직인 것인지도요."

"처음부터 스탈린이 거짓말하는 걸 알고 있었으니까 그런 웃기지도 않은 소리는 할 필요 없어."

"알고 있었다고요?"

"그래, 만약에 정말로 로비의 사인을 잘못 읽은 거라면 스탈린이 저렇게 고분고분하게 물러날 리 없잖아. 안 그래?"

"아……!"

로비 토마스 코치는 그제야 자신이 스탈린 카이스트로의 거짓말에 말려들었다는 사실을 알아챘다.

하지만 차마 스탈린 카이스트로를 뒤쫓아 가 멱살을 잡아비틀 용기는 나지 않았다.

"후우, 이 일을 어떻게 하죠?"

로비 토마스 코치가 무겁게 한숨을 내쉬었다.

스탈린 카이스트로가 저런 식으로 거짓말을 했다는 건 카를로스 리마에게 내준 내야 안타가 실수가 아니라는 소리였다.

그리고 그게 사실이라면 승리를 떠나 스탈린 카이스트로를 엄히 징계해야 하는 상황이었다.

하지만 시즌 후반도 아니고 이제 6경기째를 치르고 있는 시즌 초반에 주전 유격수에게 칼을 대기란 쉬운 일이 아니었다.

"후우, 일단 조금만 더 지켜보자고."

조지 지라디 감독도 애써 분을 삼켰다.

스탈린 카이스트로가 어째서 한정훈의 대기록을 망쳤는

지 짐작은 가지만 가급적이면 자연스럽게 일이 수습되길 바랐다.

나흘을 쉰 한정훈은 양키즈 스타디움에서 열린 매리너스와의 2차전에 선발 등판했다.

상대 선발은 리틀 킹 펠릭스로 유명한 매리너스의 에이스 타이안 워커.

언론들은 아메리칸리그를 대표하는 우완 에이스들 간의 맞대결이라며 한껏 기대감을 증폭시켰다.

이날 경기 전까지 양키즈의 성적은 4승 6패.

동부 지구 4위에 머물러 있었다.

한정훈에 이어 다나카 마스히로와 하리모토 쇼타가 시즌 첫 승을 챙기며 3연승으로 반등에 성공하는 듯 보였지만 이후 불펜진이 두 경기 연속 불을 지르며 양키즈를 다시 연패의 늪에 빠뜨렸다.

반면 매리너스는 출발이 좋았다.

양키즈를 만나기 전까지 3연속 위닝 시리즈를 달성한 데 이어 양키즈와의 첫 경기에서도 기분 좋은 역전승을 기록하며 시즌 성적 7승 3패로 서부 지구 1위를 달리고 있었다.

2연패의 늪에 빠진 팀을 구해야 하는 양키즈의 에이스 한 정훈.

2연승의 상승세를 이어가려는 매리너스의 에이스 타이안 워커.

전문가들은 타선까지 감안했을 때 타이안 워커의 판정승을 점쳤다.

한정훈이 개막 이후 2경기에서 보여준 경기력은 경이로웠지만, 연속 완투로 인한 피로 누적과 지난 5경기에서 경기당 평균 1.6득점밖에 하지 못한 양키즈의 타선을 감안했을 때 매리너스가 조금 더 유리하다고 판단한 것이다.

그러나 한정훈은 3회까지 단 한 명의 주자도 출루시키지 않은 채 완벽하게 매리너스 타선을 틀어막았다.

연속 완투에 의한 피로 때문인지 포심 패스트볼 구속이 1마일 정도 줄어들긴 했지만, 고작 그 정도 한정훈의 투구는 흔들리지 않았다.

오히려 평소보다 변화구 구사율을 높여 구속의 차이를 극대화시키며 매리너스 타자들을 압도했다.

반면 기대를 모았던 타이안 워커는 1회부터 흔들렸다.

초반 제구력 난조로 1번 타자 비비 그레고리우스와 2번 타자 로비 레프스나이더에게 연속 안타를 허용한 것이다.

3번 타자 스탈린 카이스트로와 4번 타자 더스티 애클리를 삼진으로 돌려세우며 위기를 넘기는 듯했지만 5번 타자 채이스 해틀리에게 끝내 적시 2루타를 허용하며 루상의 주자들을 모두 홈으로 내보내고 말았다.

2 대 0.

양키즈의 두 점의 리드 속에 4회 초 매리너스의 공격이 시작됐다.

매리너스의 선두 타자는 1번 타자 카르텔 마르테.

매리너스가 자랑하는 잘 치고 잘 달리는 내야수였다.

1회 첫 타석 때 카르텔 마르테는 한정훈의 포심 패스트볼을 지켜만 보다 3구 삼진으로 물러났다.

그리고 그때부터 9타자가 연속 아웃 되었다.

그래서일까.

두 번째 타석을 맞이한 카르텔 마르테의 눈빛이 심상치 않게 느껴졌다.

카르텔 마르테를 힐끔 쳐다보던 아담 앤더슨은 초구에 백도어성 투심 패스트볼을 요구했다.

타순이 한 바퀴 돈 만큼 초구에 포심 패스트볼을 집어넣는 패턴을 바꿀 필요가 있다고 여겼다.

한정훈도 동의하듯 가볍게 고개를 끄덕였다.

그런데 길게 뻗어냈던 디딤발이 살짝 흔들리면서 공이 한가운데로 몰려 들어가고 말았다.

따악.

카르텔 마르테가 기다렸다는 듯이 방망이를 휘둘렀다.

뒤이어 쭉 뻗은 타구가 유격수 스탈린 카이스트로의 정면으로 날아들었다.

"윽!"

타구를 잡기 위해 몸을 낮췄던 스탈린 카이스트로가 갑자기 불규칙 바운드라도 된 것처럼 몸을 비틀었다.

그 과정에서 스탈린 카이스트로의 어깨를 맞은 공이 그대로 내야 밖으로 튕겨 나갔다.

"달려! 달려!"

스탈린 카이스트로와 로비 래프스나이더가 공을 찾지 못하자 매리너스의 1루 코치가 재빨리 팔을 돌렸다.

카르텔 마르테는 곧바로 2루를 향해 내달렸다.

뒤늦게 공을 찾은 3루수 로비 래프스나이더가 2루로 공을 던지려 했지만, 그때는 이미 헤드 퍼스트 슬라이딩을 감행한 카르텔 마르테의 손이 베이스를 짚은 뒤였다.

"후우……."

스탈린 카이스트로의 억울한 듯한 제스처를 바라보며 한정훈이 무겁게 한숨을 내쉬었다.

회전이 많이 걸린 투심 패스트볼이 하필 방망이 안쪽에

먹혀들었으니 불규칙 바운드가 발생하는 것도 무리는 아니
었다.

더욱이 스탈린 카이스트로는 수비가 좋은 유격수가 아니
었다.

갑작스럽게 코앞에서 튀어 오른 타구를 아무렇지도 않게
받아서 처리할 정도의 수비 능력을 기대하긴 어려웠다.

하지만 공을 흘린 다음부터 방관하다시피 한 플레이는 마
음에 들지 않았다.

불규칙 타구에 맞았다고 제 가슴을 움켜쥐고 주저앉을 시
간에 멀지 않은 곳에 떨어진 공을 찾아냈다면 카르텔 마르테
가 2루까지 내달리지는 못했을 것이다.

"신경 쓰지 말자. 고작 안타 하나일 뿐이야."

한정훈은 다시금 길게 숨을 고르며 마음을 추슬렀다.

2루에서 스탈린 카이스트로와 카르텔 마르테가 웃으며 대
화를 주고받는 모습이 눈에 거슬렸지만 애써 시선을 돌렸다.

지금은 주자보다 타자에 집중해야 할 때였다.

'번트냐. 아니면 작전이냐.'

눈으로 다시 한 번 2루 주자를 견제한 뒤 한정훈은 타자를
빠르게 훑어 내렸다.

2번 타자 레오스 마틴은 방망이를 짧게 쥐고 있었다. 하지
만 작전 수행 능력이 좋지 못하다는 평가를 받는 만큼 번트

를 댈 것 같지는 않았다.

아담 앤더슨도 비슷한 판단을 내렸다.

그래서 초구에 바깥쪽 꽉 찬 포심 패스트볼을 요구했다.

가볍게 고개를 끄덕인 뒤 한정훈은 다시 한 번 2루 쪽으로 고개를 돌려 2루 주자 카르텔 마르테의 발을 묶었다.

그리고 있는 힘껏 공을 내던졌다.

후아앗!

한정훈의 손끝을 빠져나간 공은 홈 플레이트 바깥쪽을 향해 날아들었다.

그 순간, 레오스 마틴이 몸을 낮추더니 방망이를 내던지듯 밀어냈다.

기습 번트.

딱!

둔탁한 소리와 함께 방망이에 걸린 공이 빠르게 3루수 정면으로 흘렀다.

"좋아!"

만약을 대비해 전진 수비를 하고 있던 로비 레프스나이더가 다급히 달려와 타구를 움켜쥐었다.

뒤이어 곧장 3루 쪽으로 몸을 돌렸다.

한정훈의 견제에 걸린 2루 주자 카르텔 마르테의 리드 폭은 평소보다 짧았다.

거기에 레오스 마틴이 공의 위력을 제대로 줄이지 못하면서 번트 타구는 거의 땅볼처럼 되어버렸다.

이 정도면 서두르지 않아도 3루에서 2루 주자를 충분히 잡아낼 수 있다고 여겼다.

하지만 애석하게도 로비 레프스나이더는 3루에 공을 던지지 못했다. 아니, 공을 던질 수가 없었다.

공을 빼내는 과정에서 저글이 일어난 게 아니었다.

혹시라도 악송구가 나올까 봐 공을 손에 단단히 움켜쥐기까지 했지만 3루에는 송구를 받을 사람이 없었다.

"젠장할!"

로비 레프스나이더가 이를 악물며 재빨리 1루 쪽으로 공을 내던졌다.

발 빠른 레오스 마틴이 헤드 퍼스트 슬라이딩까지 감행하며 살아보려 노력했지만 천만 다행히도 1루심의 눈에는 송구가 조금 더 빠르게 느껴졌다.

"아웃!"

1루심의 단호한 선언 속에 매리너스 더그아웃은 비디오 판독을 포기했다.

그렇게 무사 2루가 1사 3루로 변했다.

"대단하다. 대단해."

한정훈은 이번에도 입안이 썼다.

아웃 카운트와 진루를 맞바꿨으니 완전히 손해 본 장사는 아니었지만, 매번 기대 이상의 플레이를 선보이는 스탈린 카이스트로가 더는 귀엽지가 않았다.

3루수 로비 레프스나이더가 공을 잡으러 뛰어나갔을 때 정상적인 유격수라면 당연히 3루 커버에 들어가야 했다.

하지만 스탈린 카이스트로는 쓸데없이 2루를 지켰다. 1루 주자가 없는데도 말이다.

뒤늦게 스탈린 카이스트로가 자신의 실수라며 제 가슴을 두드리는 시늉을 했지만, 한정훈은 이내 고개를 돌려 버렸다.

마음 같아서는 조지 지라디 감독을 향해 스탈린 카이스트로의 교체를 요구하고 싶었지만 애써 참아냈다.

수많은 홈 팬이 지켜보는 가운데 팀의 불화를 그런 식으로 까발리고 싶진 않았다.

"후우……."

한정훈이 길게 숨을 내쉬었다.

그사이 비어 있던 타석에 로베르토 카노가 들어섰다.

"카노!"

"꺼져 버려! 집으로 돌아가라고!"

로베르토 카노의 등장에 일부 양키즈 팬들이 야유를 쏟아냈다.

로베르토 카노가 핀 스트라이프를 벗어 던지고 매리너스

로 이적한 지 9년째가 다 되어갔지만 양키즈 스타디움에서는 여전히 환영받지 못하고 있었다.

게다가 예전처럼 로베르토 카노를 두려워하는 팬들도 많지 않았다.

"한정훈! 삼진이야!"

"카노 따위 삼진으로 잡아버리라고!"

대부분의 양키즈 팬은 한정훈이 로베르토 카노를 상대로 멋진 삼진을 잡아내 줄 것이라고 기대했다.

82년생. 만으로 서른아홉인 로베르토 카노가 아직 3번 타자 자리에 머물러 있는 건 솔직히 실력보다는 고액 연봉 덕이 컸다.

장점이었던 장타력은 꾸준히 감소 추세였고 홈런도 작년에는 고작 9개밖에 때려내지 못했다.

그나마 클러치 능력은 남아 있어서 중심 타선에 배치되어 있지만, 솔직히 투수들에게 위협적인 존재는 아니었다.

'삼진으로 잡아내야 해.'

'공을 건드리게 놔둬서는 안 돼.'

한정훈과 아담 앤더슨은 관중들의 바람대로 로베르토 카노를 삼진으로 잡아내기로 마음먹었다.

로베르토 카노가 1회 첫 타석 때 빠른 공에 전혀 대처하지 못했던 만큼 힘으로 밀어붙이면 충분히 잡아낼 수 있다고 여겼다.

　후웅!

　한정훈의 바람대로 로베르토 카노는 몸 쪽에 꽉 차게 들어오는 초구부터 방망이를 휘둘렀다.

　방망이보다 공이 한 발 먼저 홈 플레이트를 스쳐 지났지만 시원시원한 스윙은 여전히 호쾌하기만 했다.

　"젠장할……."

　초구 몸 쪽 공을 노리고 있었던 듯 로베르토 카노가 미간을 찌푸렸다.

　그러다 전광판을 한 번 확인하고는 쓴웃음을 머금었다.

105mile/h(≒168.9km/h).

　놀랍게도 지난 경기 때 한정훈이 갱신했던 최고 구속이 다시 한 번 찍혀 있었다.

　'날 삼진으로 잡아내겠다 이 말이지?'

　로베르토 카노는 방망이를 힘껏 움켜쥐었다.

　전력을 다하는 한정훈을 상대로 이기려면 자신도 이를 악물고 방망이를 휘돌리는 수밖에 없다고 여겼다.

하지만 전성기를 훌쩍 지난 로베르토 카노의 스윙으로는 한정훈의 빠른 공을 따라잡기가 불가능했다.

"스트라이크, 아웃!"

로베르토 카노의 방망이가 연거푸 허공을 가르면서 두 번째 아웃 카운트가 만들어졌다.

"잘했어!"

"좋아! 그렇게만 하면 되는 거야!"

양키즈 팬들은 뜨거운 박수로 한정훈을 독려했다.

아직 아웃 카운트가 하나 남아 있었지만, 한정훈이라면 충분히 막아낼 수 있을 거라 믿었다.

"후우……."

한정훈도 가빠졌던 숨을 고르며 로진백을 넉넉하게 두드렸다.

그러는 사이 타석에 4번 타자 훌리오 마르테스가 들어섰다.

"오른쪽 타석이라."

첫 타석 때는 좌타석에 섰던 스위치히터 훌리오 마르테스가 이번에는 우타석에 들어서자 한정훈이 슬쩍 입가를 비틀어 올렸다.

구단에서 전해준 데이터에 따르면 훌리오 마르테스는 좌타석에 들어섰을 때 장타 생산력이 압도적으로 높다고 알려져 있었다.

반면 우타석에서는 타율이 높았다. 그래서 어지간해서는 좌타석을 고집하는 것으로 알려져 있었다.

2회 초 선두 타자로 나왔을 때 훌리오 마르테스는 한정훈의 공을 담장 밖으로 날려 버리겠다며 요란스럽게 준비 자세를 취했다.

양키즈 팬들도 시즌 초반부터 5개의 홈런포를 가동하고 있는 훌리오 마르테스의 등장에 숨을 죽였다.

바로 어제 선발 투수 네이스 이볼디를 강판시키는 쓰리런 홈런을 때려낸 장면이 머릿속을 불길하게 스쳐 지난 것이다.

하지만 첫 맞대결의 결과는 평범한 땅볼이었다.

훌리오 마르테스가 3구째 들어온 커터를 힘껏 끌어당겼지만 1루수 앞, 먹힌 타구로 물러난 것이다.

매리너스 중계진들은 훌리오 마르테스의 타이밍이 좋지 않았다고 말했다.

한편으로는 초구와 2구째 연속으로 들어온 포심 패스트볼을 너무 의식했다고 지적했다.

훌리오 마르테스도 마치 홈런을 놓친 것처럼 아쉬움을 표출했다.

어찌나 유난을 떨던지 한정훈의 입에서 헛웃음이 터질 정도였다.

그랬던 훌리오 마르테스가 자존심을 버리고 좌타석이 아

닌 우타석에 들어왔다.

매리너스의 스타플레이어가 아니라 팀의 4번 타자로서 이 기회를 어떻게든 살려보겠다는 의지를 내보인 것이다.

"우타석에서는 내 공을 때려낼 자신이 있다, 이거지?"

안타 하나면 실점으로 이어지는 위기 상황이었지만 한정훈은 훌리오 마르테스의 판단이 마음에 들었다.

한편으로는 욕심이 생겼다.

우타석에 강하다는 훌리오 마르테스를 다시 한 번 힘으로 찍어 누르고 당당히 마운드를 내려가고 싶어졌다.

아담 앤더슨이 어렵게 승부를 하자고 사인을 보내왔지만, 한정훈은 이내 고개를 저었다.

투 아웃, 2점 차 리드 상황이었다.

굳이 훌리오 마르테스를 의식해 매리너스의 기세를 살려 줄 필요는 없다고 여겼다.

아담 앤더슨도 선선히 한정훈의 판단을 받아들였다.

그리고는 초구부터 과감하게 몸 쪽으로 미트를 움직였다.

훌리오 마르테스가 홈 플레이트에 바짝 붙어 선 만큼 몸 쪽 패스트볼로 꼼짝 못 하게 만들어 볼카운트를 챙길 생각이었다.

한정훈도 피식 웃으며 고개를 끄덕였다. 그리고는 3루 주자를 무시한 채 곧바로 투구 동작에 들어갔다.

그때였다.

츠윽!

클로즈 스탠스로 서 있던 훌리오 마르테스가 갑자기 오픈 스탠스로 타격 자세를 바꿨다.

그러더니 몸 쪽으로 파고든 공을 향해 힘껏 방망이를 휘둘렀다.

따악!

요란한 타격음이 양키즈 스타디움을 쩌렁쩌렁하게 울렸다.

하지만 있는 힘껏 방망이를 휘두른 훌리오 마르테스의 표정은 좋지 않았다.

'젠장! 이렇게까지 했는데도 먹히다니!'

홈 플레이트를 때리고 3유간으로 튕겨 오른 타구를 바라보며 훌리오 마르테스는 입술을 깨물었다.

한 시즌 20개의 도루가 가능할 만큼 빠른 발을 가지고 있지만 이런 평범한 타구로는 1루에서 살기가 불가능해 보였다.

그런데 생각지도 못했던 일이 벌어졌다.

포구 순간 3루수 로비 래프스나이더와 유격수 스탈린 카이스트로의 동선이 겹친 것이다.

타구가 하필이면 유격수와 3루수 사이에 떨어진 게 문제였다.

다행히 3루수 로비 래프스나이더가 먼저 공을 포구하긴 했지만, 스탈린 카이스트로가 시야에 가려 곧바로 공을 던지지 못했다.

뒤늦게 스탈린 카이스트로가 제자리에 주저앉았지만, 그때는 훌리오 마르테스가 1루에 거의 다 도착한 뒤였다.

"젠장할!"

로비 래프스나이더가 욕지거리를 내뱉었다. 그리고는 매섭게 스탈린 카이스트로를 노려봤다.

평소에는 이런 타구를 신경조차 쓰지 않던 스탈린 카이스트로가 이 타이밍에 앞으로 뛰어들 줄은 생각지도 못했던 것이다.

그러자 스탈린 카이스트로도 지지 않고 언성을 높였다.

"내가 잡겠다고 했잖아! 내 말 못 들었어?"

"무슨 헛소리야! 이걸 왜 네가 잡아!"

"내 정면으로 날아온 타구였다고! 그럼 내가 잡아야지!"

"타구가 짧았잖아. 이걸 네가 잡았으면 내야 안타였다고!"

"그래서 앞으로 달려온 거잖아! 이 멍청아!"

"뭐 인마?"

한동안 이어지던 로비 래프스나이더와 스탈린 카이스트로의 입씨름은 조지 지라디 감독이 그라운드에 올라오면서 끝이 났다.

"한정훈, 괜찮아?"

조지 지라디 감독은 가장 먼저 한정훈부터 챙겼다.

거듭된 실책성 플레이로 인해 실점을 한 만큼 한정훈의 충격이 클 것이라고 여겼다.

하지만 생각보다 한정훈의 표정은 덤덤하기만 했다.

"괜찮아요."

과거 16년, 다시 과거로 돌아와 4년.

총 20년의 프로 생활을 하면서 어처구니없는 수비를 본 게 한두 번이 아니었다.

게다가 본래 한 번 실책을 한 수비수들은 결정적인 순간만 오면 뭐에 홀리기라도 한 것처럼 다시 실수하는 경향이 있었다.

더욱이 이번 타구 처리는 실책이라고 단언하기 에매하기도 했다.

비록 홀리오 마르테스가 너무 빨리 1루를 밟은 탓에 실책이 아니라 내야 안타로 처리되며 1실점을 하긴 했지만, 경기는 아직 한 점 차로 양키즈가 앞서고 있었다.

한정훈은 가급적이면 불필요한 일에 감정을 낭비하고 싶지 않았다.

여기서 폭발했다간 남은 이닝을 투구할 자신이 없었다.

"실점은 신경 쓰지 마. 운이 없었을 뿐이야."

"상관없어요."

"그래, 너만 믿는다."

조지 지라디 감독은 이런 상황에서도 흔들리지 않는 한정훈이 고맙기만 했다.

그리고 이런 선수를 영입해 준 구단에 감사했다.

그러나 조지 지라디 감독은 한정훈처럼 이번 일을 대수롭지 않게 털어낼 생각이 없었다.

조지 지라디 감독의 날선 시선이 스탈린 카이스트로를 향했다.

그러자 스탈린 카이스트로가 기다렸다는 듯이 양손을 들어 올렸다.

"나는 잘못 없어요. 이건 로비의 잘못이라고요."

여느 때와 마찬가지로 스탈린 카이스트로는 조지 지라디 감독 쪽으로 다가와 자기변명을 늘어놓았다.

그렇게 하면 조지 지라디 감독이 여느 때처럼 가벼운 질책 정도로 이 상황을 끝낼 것이라 여겼다.

설마하니 팀 내 고액 연봉자인 자신을 조지 지라디 감독이 경기에서 빼지는 않을 것이라 여겼다.

수비 능력이 형편없는 반쪽짜리 유격수로 평가받고 있지만 양키즈 내에서 스탈린 카이스트로의 연봉은 상당했다.

기존에 유지되던 7년 계약(스탈린 카이스트로가 2012년 말 컵스 유망
주 시절 맺었던 계약)이 끝나자 양키즈와 스탈린 카이스트로는 지
난 2020년 다시 7년 1억 4천만 달러의 장기 계약에 합의했다.

스탈린 카이스트로는 연평균 3,000만 달러 이상은 받아야
겠다고 버텼고 양키즈는 5년 이상의 계약은 어림없다며 엄포
를 놓았지만 결국 서로 이렇다 할 대안을 찾지 못하면서 중
간 지점에서 타협을 한 것이다.

장기 계약 소식이 전해지자 양키즈 언론은 스탈린 카이스
트로의 다혈질적인 성격과 수비 불안을 꼬집으며 양키즈의
주전 유격수 감은 아니라며 실패한 계약이 될 가능성이 크다
고 전망했다.

그러면서도 스탈린 카이스트로의 공격력만큼은 은퇴 후
단장 보좌역으로 자리를 옮긴 에릭 지터의 빈자리를 어느 정
도 채워주고 있다고 인정했다.

양키즈 팬들도 스탈린 카이스트로의 안이한 플레이에 한
숨을 내쉬면서도 중요한 순간 한 방 때려내 주는 클러치 능
력에 환호했다.

덕분에 스탈린 카이스트로는 양키즈 내에서 제법 탄탄한
입지를 쌓아 올렸다.

적어도 야수 중에서는 스탈린 카이스트로의 스타성을 넘
어설 만한 선수가 없다시피 했다.

이 같은 환경이 스탈린 카이스트로를 더욱 거만하게 만들었다.

그리고 실수를 해도 남 탓으로 떠넘기는 이기적인 인간으로 변화시켰다.

스탈린 카이스트로를 바로잡아 줄 베테랑들도 줄을 이어 은퇴한 상황이었다.

그렇다 보니 코칭스태프들조차 스탈린 카이스트로를 어려워했다.

오직 시어머니 같은 로비 토마스 불펜 코치만이 나서서 잔소리를 늘어놓는 수준이었다.

만약 다른 때 같았다면 조지 지라디 감독도 부글거리는 속을 홀로 달랬을 것이다.

가뜩이나 빈약한 팀 타선을 이끌고 있는 스탈린 카이스트로를 잘못 건드렸다가 팀 성적에 영향을 받을 경우 그의 감독 자리도 위태로울 수 있었다.

하지만 지금은 달랐다.

한정훈의 경기를 망치기 위해 고의적으로 태업 플레이를 일삼고 있다는 확신이 선 이상 더는 참고 있을 수가 없었다.

"로비."

매서운 눈으로 스탈린 카이스트로를 노려보던 조지 지라

디 감독이 3루수 로비 래프스나이더를 불렀다.

"제 실수였나요?"

로비 래프스나이더가 굳은 얼굴로 물었다.

하지만 조지 지라디 감독은 잘잘못을 따지기 위해 로비 래프스나이더를 부른 게 아니었다.

"유격수, 가능하지?"

"유격수요?"

"왜? 힘들겠어?"

"아니요. 가능합니다. 할 수 있어요."

유격수라는 말에 로비 래프스나이더가 눈을 반짝거렸다.

애초에 그가 양키즈에서 원했던 포지션이 바로 유격수였다.

스탈린 카이스트로가 영입되고 그의 화려한 플레이에 가려져 유격수 경쟁에서 탈락하긴 했지만, 로비 래프스나이더의 마음속 1번 포지션은 언제나 유격수였다.

"좋아. 오늘 경기 실수 없도록 해. 그럼 앞으로도 계속 기회를 줄 테니까."

조지 지라디 감독이 로비 래프스나이더의 어깨를 툭툭 두드렸다.

덩달아 로비 래프스나이더의 얼굴에 웃음꽃이 피었다.

"젠장, 대체 무슨 이야기를 하는 거야?"

멀찍이서 그 모습을 지켜보던 스탈린 카이스트로가 미간

을 찌푸렸다.

조지 지라디 감독이 자신을 대신해 로비 래프스나이더를 질책하려는 거라 여겼는데 그게 아닌 모양이었다.

"저기, 감독님!"

괜히 불안해진 마음에 스탈린 카이스트로가 조지 지라디 감독을 불렀다.

하지만 조지 지라디 감독은 못 들은 척 그대로 몸을 돌렸다.

뒤이어 다시 한 번 마운드로 가서 한정훈의 어깨를 두드린 뒤에 구심에게 뭔가를 이야기하고는 더그아웃으로 들어갔다.

"뭐야, 대체."

스탈린 카이스트로가 신경질적으로 그라운드를 걷어찼다.

차라리 자신에게 한마디 하고 넘어갔다면 마음이라도 편할 텐데 아예 없는 사람 취급을 해버리니 괜히 짜증이 났다.

그때였다.

더그아웃에서 에릭 브라이언트가 글러브를 움켜쥔 채로 그라운드로 뛰쳐나왔다.

"로비를 바꾸는 거였어?"

에릭 브라이언트의 등장에 스탈린 카이스트로가 가슴을 쓸어내렸다.

에릭 브라이언트는 양키즈가 기대하는 유망주였다.

주 포지션은 3루와 1루.

이 상황에서 1루수 채이스 해틀리를 바꿀 리 없으니 당연히 자신과 언쟁이 붙었던 3루수 로비 래프스나이더가 교체될 것이라 여겼다.

예상대로 에릭 브라이언트는 3루수 쪽으로 달려갔다.

그런데 고개를 숙이고 더그아웃으로 가야 할 로비 래프스나이더가 실실 웃으며 스탈린 카이스트로의 옆으로 다가왔다.

"뭐야?"

"뭐가?"

"나한테 할 말 있어?"

"없는데?"

"그럼 네가 왜 여기로 와?"

"그렇게 궁금하면 전광판 좀 보지그래?"

"뭐? 전광판?"

스탈린 카이스트로가 신경질적으로 고개를 돌렸다.

바로 그 순간 스탈린 카이스트로라는 이름 대신 에릭 브라이언트라는 이름이 나타났다.

"젠장! 저게 뭐야!"

스탈린 카이스트로의 입에서 비명이 터져 나왔다.

아무리 실수를 했어도 그렇지 4회에 교체라니!

이건 도저히 참을 수가 없었다.

"뭐야, 스탈린을 왜 빼는 거야?"

"살다 보면 실수도 할 수 있는 거지! 스탈린이 수비 못 하는 게 어디 하루 이틀이야?"

일부 관중들도 갑작스러운 교체에 불만의 목소리를 높였다.

하지만 그 소리는 생각보다 오래가지 않았다.

"누가 감히 조지의 결정에 토를 다는 거야?"

"맞아! 스탈린 저 녀석, 진즉에 빼 버렸어야 했다고!"

"이건 한정훈의 경기야! 한정훈은 우리의 자존심이라고! 그런 경기를 망치려 한 녀석은 용서 못 해!"

"지난번 퍼펙트게임을 망쳤을 때도 그러려니 했는데 저 자식 일부러 그러는 게 틀림없어!"

양키즈 팬들은 더 이상 스탈린 카이스트로를 옹호하지 않았다.

대신 한정훈의 편을 들며 조지 지라디 감독의 결정을 반겼다.

"스탈린! 잘했어!"

"제발 들어가! 다신 나오지 말라고!"

일부 팬들은 씩씩거리며 더그아웃으로 들어가는 스탈린 카이스트로를 향해 조롱 어린 박수를 보내기까지 했다.

"젠장할!"

스탈린 카이스트로가 신경질적으로 글러브를 내던졌지만, 선수 중 누구도 다가와 그를 위로해 주지 않았다.

오직 제리 산체스만이 불안한 얼굴로 스탈린 카이스트로를 바라볼 뿐이었다.

그렇게 한참을 지체됐던 경기가 속개됐다.

그리고 한정훈은 살짝 식어버린 어깨를 다시 가열하듯 105mile/h(≒168.9㎞/h)짜리 포심 패스트볼을 연달아 꽂아 넣으며 5번 타자 코일 시거를 3구 삼진으로 돌려세웠다.

"그렇지!"

"바로 그거야!"

"크아아아! 한정훈! 네가 최고다!"

"역시 한정훈이야!"

양키즈 관중들은 기다렸다는 듯이 환호성을 터뜨렸다.

오늘 경기 전까지 3할 8푼대의 타율을 올리며 매리너스 공격을 주도하던 코일 시거를 힘으로 찍어 눌러 버렸다.

연이은 실책성 플레이로 1실점한 상태에서 말이다.

"후우……."

스탠딩 삼진을 당한 코일 시거조차 질렸다는 얼굴로 고개를 흔들어 댔다.

이 정도면 충분히 흔들려야 하는 상황에서도 아무렇지 않은 얼굴로 제 공을 던져 대는 모습을 보니 대단하다 못해 두려운 마음마저 들었다.

그렇게 한정훈은 당당하게 마운드를 걸어 내려왔다.

그리고 더그아웃 안쪽 복도로 들어간 뒤에야 억눌렀던 자신의 감정을 표출했다.

"크아아아!"

한정훈이 목이 찢어져라 고함을 내질렀다.

그 소리가 어찌나 크던지 더그아웃에 있던 선수들이 하나같이 움찔 몸을 떨 정도였다.

구석에 앉아 있던 스탈린 카이스트로도 얼굴을 굳혔다.

퍼펙트게임을 망쳤을 때도 별말이 없어서 소심한 동양인 투수로만 여겼었는데 저렇듯 응어리를 터뜨리는 걸 보니 괜히 건드렸다는 생각이 든 것이다.

그러자 옆에 앉아 있던 제리 산체스가 스탈린 카이스트로의 어깨를 두드렸다.

"괜찮아. 별일 없을 거야."

"그렇지? 확실히 그렇겠지?"

"넌 양키즈의 주전 유격수라고. 네 허락 없이는 그 누구도 네 자리를 빼앗을 수 없어."

"후우……."

스탈린 카이스트로는 애써 숨을 골랐다.

설마하니 이번 일로 한정훈이 자신을 물고 늘어질까 봐 걱정이 됐다.

다행히도 한정훈의 고함 소리는 더 이상 이어지지 않았다.

그리고는 7회까지 매리너스 타선을 완벽하게 틀어막았다.

한정훈이 마운드를 굳건히 지키자 타자들도 힘을 냈다.

7회 말 더스티 애클리와 채이스 해틀 리가 타이언 워커에게 백투백홈런을 때려낸 것이다.

2 대 1, 박빙의 승부가 순식간에 4 대 1로 벌어지자 매리너스 스캇 서바이브 감독은 타이안 워커를 내리고 불펜진을 가동했다.

그러자 조지 지라디 감독도 선수 보호 차원에서 한정훈을 내리고 루이스 로베이노를 올렸다.

"왠지 불안한데요."

가볍게 어깨를 돌리며 마운드 위에 오르는 루이스 로베이노를 바라보며 하리모토 쇼타가 불안한 표정을 지었다.

그러자 옆에 앉아 있던 다나카 마스히로가 공감하듯 고개를 끄덕였다.

"확실히. 저 녀석도 제리 산체스 패거리 중 하나니까."

지금이야 한정훈에 이어 하리모토 쇼타까지 옆에 있지만,

작년까지만 해도 다나카 마스히로는 양키즈의 유일한 아시아 선수였다.

그렇다 보니 알게 모르게 존재하는 선수단 내 파벌을 예의 주시해 왔다.

그중에서도 제리 산체스가 주도하는 도미니카 공화국 출신 선수들의 파워는 상당했다.

제리 산체스가 라이벌이었던 저스틴 로마인을 밀어내고 브라이언 마칸의 후계자가 된 것도 스탈린 카이스트로와 루이스 로베이노가 열심히 로비한 덕분이었다.

"솔직히 감독의 결정이 이해가 되지 않아요. 저 같았으면 이 상황에서 절대 루이스 로베이노를 올리지 않았을 거예요."

하리모토 쇼타가 고개를 흔들어 댔다.

제리 산체스와의 불화로 인해 스탈린 카이스트로가 대놓고 태업을 한 가운데 수많은 불펜 투수 중에 하필 루이스 로베이노를 올렸다는 게 이해가 가질 않았다.

그러자 다나카 마스히로가 나직한 목소리로 중얼거렸다.

"감독 입장에서는 뭔가를 확인하고 싶은 건지도 몰라."

"뭘요?"

"글쎄, 그건 나도 모르지. 하지만 오늘 경기가 끝나면 어떻게든 알게 될지도 모르고."

다나카 마스히로는 자신이 알고 있는 모든 걸 전부 오픈하지 않았다.

대신 조지 지라디 감독처럼 관망자가 되는 걸 선택했다.

이틀 만에 등판한 루이스 로베이노는 하리모토 쇼타의 우려와는 달리 8회 초를 삼자 범퇴로 깔끔하게 틀어막았다.

6번 타자 지크 몬테로는 중견수 플라이.

7번 타자 부그 파엘은 삼진.

8번 타자 마이크 주노는 3루 앞 땅볼.

최고 구속 98mile/h(≒157.7㎞/h)의 포심 패스트볼과 90mile/h(≒144.8㎞/h)을 넘나드는 광속 슬라이더를 앞세워 타자들을 요리했다.

"흠······."

8회를 마치고 마운드에서 내려오는 루이스 로베이노를 바라보며 조지 지라디 감독이 묘한 표정을 지었다.

그러더니 로비 토마스 불펜 코치를 불러 뭔가를 지시했다.

"알겠습니다. 그렇게 전하죠."

로비 토마스 코치는 루이스 로베이노에 다가가 9회도 던질 수 있는지를 물었다.

"물론이죠, 코치. 내 어깨는 아직 뜨겁다고요."

막 아이스 팩을 하려던 루이스 로베이노가 당연하다며 고개를 끄덕였다.

아롤디르 채프먼이라는 강력한 경쟁자 때문에 반쯤 포기하긴 했지만, 루이스 로베이노의 꿈은 양키즈의 마무리 투수가 되는 것이었다.

코칭스태프가 자신을 믿고 그 기회를 주겠다고 하는데 마다할 이유가 없었다.

"오늘 아롤디르의 컨디션이 좋지 않아. 그러니까 이번 기회에 제대로 실력을 뽐내보라고."

로비 토마스 코치가 웃으며 루이스 로베이노의 어깨를 두드려 주었다.

"걱정 마세요! 확실하게 세이브를 챙길 테니까."

루이스 로베이노가 의욕을 불태웠다.

지난 시즌 부상의 여파로 아롤디르 채프먼이 아직 제 공을 던지지 못하는 상황에서 오늘 경기를 확실하게 막아낸다면?

양키즈의 새로운 마무리 투수가 되는 것도 불가능한 일은 아닐 것 같았다.

8회 말 양키즈의 공격이 득점 없이 끝나자 루이스 로베이노는 씩씩하게 마운드로 걸어 올라갔다.

매리너스의 선두 타자는 9번 타자 제이크 피노.

매리너스에서 미래의 1번 타자로 키우고 있는 젊은 선수였다.

타석에 들어선 제이크 피노가 제법 야무지게 방망이를 들어 올렸다.

앞선 두 타석에서는 한정훈의 포심 패스트볼에 눌려 기 한 번 펴보지 못했지만, 루이스 로베이노라면 한번 해볼 만하다고 여긴 모양이었다.

그러나 상대가 만만해 보이는 건 루이스 로베이노도 마찬가지였다.

'네 녀석 따위와 노닥거릴 시간이 없다고.'

루이스 로베이노가 초구부터 불같은 패스트볼을 내던졌다.

퍼엉!

공이 살짝 높게 날아들긴 했지만, 아담 앤더슨이 마지막 순간에 잘 눌러 받으면서 구심의 스트라이크 판정을 받아냈다.

"역시 꼼짝을 못하는군."

루이스 로베이노가 씩 웃으며 다음 공을 준비했다.

아담 앤더슨은 바깥쪽으로 흘러나가는 슬라이더를 요구했지만, 루이스 로베이노는 고개를 저었다.

이제 막 애송이 티를 벗고 있는 루키를 상대로 승부를 길게 끌고 갈 마음이 없었다.

"그렇게 원하신다면."

아담 앤더슨은 루이스 로베이노의 바람대로 몸 쪽 패스트볼을 요구했다.

루이스 로베이노도 기다렸다는 듯이 공을 내던졌다.

초구처럼 2구 역시 높게 제구가 됐다.

그러나 제이크 피노가 참아내지 못하고 방망이를 휘두르면서 다행히 파울로 이어졌다.

볼카운트 투 스트라이크 노 볼.

투수에게 절대적으로 유리한 상황이 만들어졌다.

아담 앤더슨은 결정구로 체인지업을 요구했다.

연달아 두 개의 포심 패스트볼을 보여준 만큼 체인지업을 던지면 제이크 피노의 방망이를 이끌어낼 수 있다고 판단했다.

잠시 못마땅한 표정을 짓던 루이스 로베이노는 마지못해 고개를 끄덕거렸다.

그리고는 빠져도 좋다는 심정으로 스트라이크존 바깥쪽을 향해 힘껏 공을 내던졌다.

후아앗!

한가운데로 날아들 것처럼 굴던 공이 바깥쪽으로 휘어져 나가자 제이크 피노가 반사적으로 방망이를 내밀었다.

후웅!

어느 정도 변화구가 들어올 것이라 예상하고 있었던 듯 제이크 피노의 방망이는 거침이 없었다.

하지만 제대로 채이지 못한 루이스 로베이노의 공이 평소보다 덜 떨어지면서 의욕 가득했던 방망이는 허무하게 허공만 가르고 말았다.

"좋았어!"

엉겁결에 삼진을 잡아낸 루이스 로베이노가 주먹을 움켜쥐었다.

그리고는 보란 듯이 더그아웃을 바라봤다.

비록 하위 타선이긴 했지만 9회 초 첫 타자를 삼진으로 돌려세운 만큼 조지 지라디 감독과 코치들이 흡족해할 것이라 여겼다.

하지만 정작 조지 지라디 감독은 더그아웃으로 돌아온 한정훈과 대화를 나누느라 정신이 없었다.

로비 토마스 수석 코치도 마찬가지.

조지 지라디 감독과 한정훈의 사이에 껴서 경기장 쪽은 아예 바라보지도 않았다.

두 사람을 대신해 투수 코치 래리 로스가 홀로 박수를 보내 왔다.

그러나 마무리 투수를 노리는 루이스 로베이노는 그 정도로 성에 차지 않았다.

'젠장, 그저 한정훈, 한정훈! 양키즈에 투수가 한정훈 한 명뿐인 거야?'

루이스 로베이노가 신경질적으로 로진백을 움켜쥐었다.

한정훈이 좋은 투수라는 건 인정하지만 그렇다고 해서 자신에게 향해야 할 관심과 애정까지 독차지하는 건 용납하기 어려웠다.

'105마일? 까짓것, 나도 던져 주겠어.'

손에 묻은 로진 가루를 털어낸 뒤 루이스 로베이노가 으스러지듯 공을 움켜쥐었다.

한정훈이 사랑받는 이유가 고작 빠른 패스트볼 때문이라면 그 역시도 결코 밀릴 생각이 없었다.

물론 당장 한정훈처럼 105mile/h의 포심 패스트볼을 던지는 건 무리였다.

하지만 100mile/h 정도는 언제든지 가능했다.

실제 불펜 피칭 때도 종종 100mile/h의 구속이 찍히곤 했으니 경기 중에 던지는 것도 어려운 일이 아니었다.

거기에 제구를 신경 쓰지 않고 투구 폼을 와일드하게 가져간다면 추가로 2mile/h 정도 구속을 더 끌어올릴 수 있을 것 같았다.

'오늘은 컨디션도 나쁘지 않으니까. 1mile/h 정도는 더 나오겠지.'

루이스 로베이노가 길게 숨을 골랐다.

가능성을 더하고 더해 보니 최고 구속이 103mile/h까지 나왔다.

'정말로 103mile/h을 던진다면 그 누구도 날 무시하지 못할 거야.'

루이스 로베이노는 단단히 마음을 먹었다.

때마침 아담 앤더슨도 초구에 몸 쪽으로 붙어 들어오는 포심 패스트볼을 요구했다.

'좋았어.'

단단히 고개를 끄덕인 뒤 루이스 로베이노가 이를 악물고 공을 내던졌다.

후아앗!

살짝 높이 제구된 공이 1번 타자 카르텔 마르테의 몸 쪽으로 날아들었다.

그러자 카르텔 마르테가 움찔 놀라며 뒤로 물러섰다.

퍼엉!

카르텔 마르테의 팔꿈치 아래를 스쳐 지난 공이 아담 앤더슨의 미트에 아슬아슬하게 처박혔다.

"루이스! 침착해!"

아담 앤더슨이 공을 돌려주며 소리쳤다.

몸 쪽 공을 던질 때는 늘 제구에 신경을 써야 했다.

카르텔 마르테가 서둘러 피했으니 망정이지 조금만 뜸을 들였더라도 사사구로 이어졌을 가능성이 컸다.

9회 초.

3점을 리드하고 있다고는 하지만 카르텔 마르테같이 발 빠른 주자를 내보내 봐야 좋을 게 없었다.

그렇게 된다면 힘 좋은 매리너스의 중심 타선까지 상대하게 될지 몰랐다.

최악의 상황을 미연에 방지하기 위해서라도 루이스 로베이노가 구속보다는 제구에 신경을 쓸 필요가 있을 것 같았다.

그러나 루이스 로베이노는 아담 앤더슨의 말이 귀에 조금도 들어오지 않았다.

그보다는 전광판에 자신의 구속이 찍히기만을 초조한 얼굴로 기다렸다.

잠시 후.

101mile/h.

전광판에 100마일이 넘는 구속이 찍혀 나왔다.

순간 양키즈 스타디움이 소란스러워졌다.

직전 타석까지 최고 구속이 98mile/h(≒157.7㎞/h)이었던 루이스 로베이노가 갑작스럽게 구속을 3mile/h나 더 끌어올렸으니 깜짝 놀라고 만 것이다.

하지만 정작 당사자인 루이스 로베이노의 표정은 썩 밝지가 않았다.

"101마일? 그것밖에 안 나온 거야?"

루이스 로베이노가 이해할 수 없다는 표정을 지었다.

제구까지 포기해 가며 사력을 다해 던졌는데 고작 101mile/h(≒162.5km/h)이라니.

양키즈 스타디움의 전광판이 고장 난 것 같은 의심마저 들었다.

'이번에야말로 기필코 해낸다.'

루이스 로베이노는 로진백을 듬뿍 두드렸다.

그리고 다시 한 번 공을 힘껏 움켜쥐었다.

아담 앤더슨은 이번에도 변화구 사인을 냈다.

포심 패스트볼을 노리는 것 같은 카르텔 마르테의 허를 찔러 스트라이크를 잡아내자는 이야기였다.

그러나 루이스 로베이노는 변화구 사인을 전부 거부했다.

질려 버린 아담 앤더슨이 바깥쪽 패스트볼 사인을 내고서야 겨우 고개를 주억거렸다.

'후우, 이번에는 제대로 들어와야 할 텐데…….'

아담 앤더슨이 걱정스러운 얼굴로 미트를 들어 올렸다.

초구가 볼 판정이 난 상황에서 2구마저 빠져 버린다면 카르텔 마르테와의 승부가 어려워질 수 있었다.

그러나 루이스 로베이노는 볼카운트는 전혀 신경 쓰지 않았다.

그의 머릿속을 지배하고 있는 건 오로지 한정훈이 세운 105mile/h의 포심 패스트볼에 가까워지는 것뿐이었다.

"으악!"

쩌렁쩌렁한 기합 소리와 함께 새하얀 공이 총알처럼 루이스 로베이노의 손끝을 빠져나왔다.

하지만 이번 공도 제대로 제구가 되지 않았다.

릴리스 포인트부터가 높다 보니 카르텔 마르테도 아예 칠 생각을 하지 않았다.

퍼엉!

묵직한 포구 소리가 양키즈 스타디움에 울려 퍼졌다.

뒤이어 100mile/h이라는 구속이 떠오르자 양키즈 관중들이 기다렸다는 듯이 함성을 터뜨렸다.

"뭐야, 저 녀석! 저런 공을 그동안 숨기고 있었던 거야?"

"100마일이라니! 크아! 저 정도면 아롤디르 채프먼을 대신해 마무리 투수로 뛰어도 되겠는데?"

양키즈 팬들은 루이스 로베이노의 100마일 입성을 반겼다.

초반 불펜진의 활약이 작년만 못한 상태에서 루이스 로베이노가 든든히 버텨준다면 허망하게 역전패를 당하는 일도 줄어들 것 같았다.

하지만 루이스 로베이노는 이번에도 납득할 수 없다는 반응이었다.

"100마일이라니! 지금 장난하는 거야?"

루이스 로베이노의 입에서 절로 짜증이 터져 나왔다.

초구보다 더 힘껏 공을 던졌는데도 불구하고 구속은 1mile/h나 줄어들었다.

설상가상 볼카운트까지 투 볼로 몰리고 말았다.

그럼에도 루이스 로베이노는 3구 역시 패스트볼 승부를 고집했다.

"젠장할! 어디 마음대로 해봐!"

루이스 로베이노가 좀처럼 자신의 리드를 받아주려 하지 않자 아담 앤더슨도 포기하듯 패스트볼 사인을 냈다.

카르텔 마리테 같은 타자에게 똑같은 공을 계속 보여주는 건 대단히 위험한 짓이었지만 지금으로써는 다른 방도가 없어 보였다.

'패스트볼을 던지는 건 좋으니까 제발 스트라이크존에 집어넣어 달라고.'

아담 앤더슨은 아예 한가운데에 미트를 들어 올렸다.

루이스 로베이노도 고개를 끄덕이고는 괴성과 함께 공을

내던졌다.

'잡을 수 있어!'

'칠 수 있어!'

서로 엇갈린 기대 속에서 공과 방망이가 한 점에서 만났다.

이번에는 너무 지나치게 한가운데로 몰린 공을 카르텔 마르테가 망설이지 않고 공략해 낸 것이다.

따악!

시원시원한 타격 소리와 함께 타구가 중견수 앞쪽으로 뚝 떨어졌다.

"젠장할!"

루이스 로베이노의 입에서 절로 욕지거리가 터져 나왔다.

안타를 맞은 것도 짜증이 났지만, 그보다 전광판에 찍힌 구속이 마음에 들지 않았다.

99mile/h(≒159.3㎞/h).

잠시 100마일을 넘어섰던 구속이 다시 원래대로 되돌아왔다.

덩달아 구속으로 코칭스태프의 이목을 사로잡겠다던 루이스 로베이노의 바람도 수포로 돌아가 버렸다.

77장
브라이언 캐시 단장의 선택(2)

"카르텔 마르테는 놔두고 타자에 집중하자고."

타임을 외친 아담 앤더슨이 마운드에 올라와 말했다.

발 빠른 카르텔 마르테가 계속 1루에 남아 있을 가능성은 작았지만 3점을 리드하는 만큼 없는 셈 쳐도 문제 될 건 없어 보였다.

"나도 알고 있으니까 잘난 척하지 마."

루이스 로베이노가 퉁명스럽게 말했다.

그 역시도 이런 상황에서 주자에 신경 써봐야 좋을 게 없다는 걸 누구보다 잘 알고 있었다.

'침착하자. 아직 만회할 기회는 남아 있어.'

루이스 로베이노는 애써 마음을 다잡았다.

마무리 투수라 하더라도 안타는 맞게 마련이다.

남은 아웃 카운트 두 개를 잡아내서 팀의 승리를 지키면 코칭스태프도 다시 자신을 인정해 줄 것이라 믿었다.

'원 아웃에 번트를 대진 않겠지.'

포수석으로 돌아온 아담 앤더슨은 초구에 바깥쪽으로 빠져나가는 체인지업을 주문했다.

작전이 걸렸다면 주자나 타자가 어떻게든 움직임을 보일 터.

그 움직임을 통해 매리너스 벤치의 속내를 알아낼 생각이었다.

루이스 로베이노도 마지못해 고개를 주억거렸다.

마음 같아선 또다시 포심 패스트볼로 윽박지르고 싶었지만 1루 주자를 견제해야 하는 상황에서 제 구속이 나올 것 같지 않았다.

"후우⋯⋯."

천천히 숨을 들이켠 뒤 루이스 로베이노가 신중하게 공을 던졌다.

후아앗!

바깥쪽으로 날아든 공은 마지막 순간 꼬리를 말며 멀리 도망쳤다.

2번 타자 레오스 마틴이 반쯤 허리를 돌렸지만, 마지막 순간에 방망이를 멈춰 세우며 공을 지켜봤다.

"나이스 볼!"

아담 앤더슨이 고개를 끄덕이며 투수를 독려했다.

비록 볼 판정을 받긴 했지만 좋은 공이 들어왔다.

덕분에 매리너스 벤치에서 별다른 사인 없이 레오스 마틴에게 맡기려 한다는 사실도 알아챘다.

'역시. 이 타이밍에 레오스 마틴에게 작전을 거는 것도 부담스럽겠지.'

아담 앤더슨은 매리너스 벤치의 심정이 이해가 갔다.

대게 2번 타순이 작전 수행 능력이 뛰어난 선수들에게 허락된 자리긴 했지만 레오스 마틴은 전형적인 2번 타자들과는 달랐다.

특유의 공격적인 성향 때문에 2번 타순에 전진 배치됐을 뿐 스캇 서바이브 감독도 어지간해서는 레오스 마틴에게 작전을 내지 않았다.

'작전이 없다면 결국 도루란 이야기인데.'

아담 앤더슨이 1루 쪽으로 눈을 돌렸다.

초구 체인지업 타이밍을 놓쳐서일까.

카르텔 마르테가 슬금슬금 시동을 걸려는 게 보였다.

'뛰는 건 자유지만 쉽지는 않을 거다.'

아담 앤더슨은 보란 듯이 미트를 레오스 마틴의 몸 쪽에 붙였다.

몸 쪽 공은 들어오는 족족 건드리는 레오스 마틴의 공격적인 성향을 역으로 이용하려는 것이었다.

"좋아. 진즉에 그렇게 나왔어야지."

사인을 확인한 루이스 로베이노도 입가를 비틀어 올렸다.

레오스 마틴이 만만한 타자는 아니지만, 자신의 빠른 공을 이겨낼 정도는 아니라고 여겼다.

후아앗!

루이스 로베이노의 손끝을 빠져나온 공이 곧장 레오스 마틴의 몸 쪽을 파고들었다.

그와 동시에 카르텔 마르테가 스타트를 끊었지만 애석하게도 도루를 성공시키지는 못했다.

그보다 먼저 레오스 마틴이 공을 건드렸기 때문이다.

"좋아, 좋아."

1루 쪽으로 완전히 휘어져 나간 타구를 보며 아담 앤더슨이 고개를 주억거렸다.

그리고 무척이나 아쉬워하는 레오스 마틴을 위해 재차 몸 쪽 공을 요구했다.

후앗!

루이스 로베이노가 던진 공이 한가운데에서 몸 쪽으로 꺾여 들어 왔다.

이번에도 카르텔 마르테는 2루를 향해 내달렸지만, 그 모습이 레오스 마틴의 눈에는 들어오지 않았다.

따악!

레오스 마틴이 힘껏 잡아당긴 방망이 끝으로 공이 걸려들었다.

하지만 타이밍이 너무 빨랐다.

타석 앞쪽을 때린 타구는 그대로 1루 라인 밖으로 휘어져 나가 버렸다.

"젠장할!"

마치 홈런을 놓친 것처럼 펄쩍 뛰는 레오스 마틴을 바라보며 아담 앤더슨은 애써 웃음을 삼켰다.

그리고 결정구로 초구에 던졌던 바깥쪽으로 흘러나가는 체인지업을 다시 요구했다.

아담 앤더슨의 리드 덕분에 유리한 볼카운트를 선점하자 루이스 로베이노는 선선히 고개를 끄덕였다.

여기서 레오스 마틴을 삼진으로 돌려세운다면?

한물간 로베르토 카노를 마음 편히 상대할 수 있을 것 같았다.

후아앗!

눈으로 1루 주자를 견제한 뒤 루이스 로베이노가 빠르게 공을 내던졌다.

그런데 바깥쪽으로 흘러나가야 할 체인지업이 가운데로 몰려 버렸다.

삼진 욕심을 낸 나머지 어깨에 힘이 들어가고 만 것이다.

그 공을 레오스 마틴이 놓치지 않고 잡아당겼다.

따악!

날카로운 소리와 함께 타구가 1루수 라인 쪽으로 날아갔다.

카르텔 마르테를 신경 쓰느라 잠시 1루 선상을 비웠던 채이스 해틀리가 몸을 날려봤지만, 타구는 채이스 해틀리의 글러브를 스치고 그대로 외야로 빠져나갔다.

"돌아! 돌아!"

일찌감치 스타트를 끊었던 카르텔 마르테는 3루 코치의 사인을 받기가 무섭게 홈까지 내달렸다.

우익수 베리 가멜이 있는 힘껏 홈으로 공을 내던졌지만, 그보다 카르텔 마르테의 다리가 더 빨랐다.

4 대 2.

무난한 승리를 예감하던 양키즈 스타디움에 돌연 정적이 감돌았다.

1사에 주자 2루 상황.

큰 것 한 방이면 한정훈의 승리는 물론 양키즈의 승리도 물거품이 될 수 있었다.

"어쩔 수 없지."

결국, 조지 지라디 감독이 더그아웃 밖으로 걸어 나왔다.

그리고 루이스 로베이노의 어깨를 두드린 뒤 교체를 명했다.

잠시 후, 불펜에서 낯익은 얼굴이 모습을 드러냈다.

아롤디르 채프먼.

오늘 등판이 어려울 거라던 그가 팀을 위해 천천히 마운드에 올랐다.

"채프먼!"

"채프먼!"

수호신의 등장에 양키즈 팬들이 한목소리로 아롤디르 채프먼을 연호했다.

아롤디르 채프먼은 그 기대에 부응하듯 3번 타자 로베르토 카노를 초구 3루수 앞 땅볼로 돌려세우며 아웃 카운트를 추가했다.

뒤이어 4번 타자 훌리오 마르테스에게 적시타를 맞기 했지만 5번 타자 코일 시거를 풀카운트 접전 끝에 103mile/h(≒ 165.7㎞/h) 짜리 포심 패스트볼로 찍어 누르며 경기를 마쳤다.

"젠장할!"

더그아웃에서 경기를 지켜보던 루이스 로베이노의 입에서 욕지거리가 터져 나왔다.

안타를 맞고 자신의 실점을 늘린 아롤디르 채프먼이 활짝 웃으며 선수들과 하이파이브를 나누는 모습이 그저 역겹게 만 느껴졌다.

그뿐만이 아니었다.

"봤지? 나 아직 죽지 않았다고!"

클럽 하우스 안에서도 아롤디르 채프먼은 알몸으로 돌아 다니며 크게 소리쳤다.

2연패에서 탈출한 선수들이 깔깔거리며 웃어넘겼지만, 루 이스 로베이노는 속이 부글부글 끓어올랐다.

마치 자신이 누릴 영광을 아롤디르 채프먼에게 빼앗긴 것 만 같았다.

그 모습을 멀리서 지켜보던 조지 지라디 감독이 쓴웃음을 지었다.

매너리즘에 빠진 아롤디르 채프먼을 자극하겠다는 계획은 성공했지만, 왠지 루이스 로베이노의 자존심을 건드린 것만 같았다.

그때였다.

"아롤디르에게 물어봤는데 아담 앤더슨과 호흡을 맞추는 데 문제가 없었다고 합니다."

로비 토마스 불펜 코치가 조용히 다가와 말했다.

"그래?"

"네, 오히려 신인답지 않게 영리하다며 칭찬하던데요?"

"그렇단 말이지?"

조지 지라디 감독이 만족스러운 얼굴로 끄덕였다.

한정훈이 처음에 제리 산체스와 일을 벌였을 때만 해도 기 싸움의 일종으로만 여겼다.

설마하니 신입 포수인 아담 앤더슨이 제리 산체스를 대체할 수 있을 것이라고는 생각지 않았다.

하지만 아담 앤더슨과 호흡을 맞췄던 다나카 마스히로와 하리모토 쇼타가 나란히 시즌 첫 승을 올리면서 조지 지라디 감독의 마음이 흔들렸다.

다나카 마스히로와 하리모토 쇼타는 다음 경기에서도 아담 앤더슨과 배터리를 이루겠다는 뜻을 분명히 밝혔다.

시범 삼아 다시 제리 산체스를 선발로 투입해 봤지만, 결과는 연패로 이어졌다.

뭔가 성적을 내야 한다는 부담감에 사로잡힌 제리 산체스의 고집스러운 리드가 독으로 작용한 것이다.

오늘 경기를 앞두고 조지 지라디 감독과 로비 토마스 불펜 코치는 이번 시즌 주전 포수 자리를 아담 앤더슨에게 맡기는 게 좋겠다는 판단을 내렸다.

5명의 선발 투수 중 3명이 아담 앤더슨을 선호하고 있었다.

제리 산체스에게 더 이상 주전 포수 자리를 맡기기가 어려운 상황이었다.

문제는 브라이언 캐시 단장의 결정이었다.

성적 부진으로 벌써 압박을 받고 있는 브라이언 캐시 단장이 자신들의 의견을 어떻게 받아들일지가 문제였다.

그래서 조지 지라디 감독은 투구 수에 여유가 있는 한정훈을 일찍 내리고 두 명의 불펜 투수를 시범적으로 더 기용해 보았다.

한 명은 불펜 투수 중 가장 좋은 구위를 뽐내던 루이스 로베이노.

다른 한 명은 두 차례 세이브 기회에서 모두 아슬아슬하게 승리를 지킨 아롤디르 채프먼.

루이스 로베이노는 8회를 깔끔하게 마무리하며 아담 앤더슨과 호흡을 맞춰도 문제없다는 걸 증명했다.

9회에 다소 부진하긴 했지만 그건 뭔가를 보여주겠다는 루이스 로베이노의 욕심이 만들어낸 결과였다.

루이스 로베이노는 아담 앤더슨의 리드에 문제가 있다고 불만을 가질지 모르겠지만 코칭스태프가 보았을 때 아담 앤더슨은 자신이 할 수 있는 최선을 다했다.

아담 앤더슨은 아롤디르 채프먼도 잘 리드했다.

특히나 초구에 로베르토 카노를 범타로 유도하며 아롤디르 채프먼의 부담을 줄여준 게 좋았다.

훌리오 마르테스에게 안타를 맞긴 했지만 그건 공이 몰린 탓이었다.

한 점 차로 쫓기는 상황이 됐지만 위축되지 않고 마운드에 올라 대선배인 아롤디르 채프먼을 달랜 점도 인상적이었다.

고작 몇 경기만으로 아담 앤더슨과 제리 산체스를 직접 비교하기란 어렵겠지만 조지 지라디 감독은 충분한 확신을 얻었다.

이 정도면 브라이언 캐시 단장도 현장의 의견을 무시하지 못할 것 같았다.

"같이 가겠어?"

"어디를요? 단장실에요?"

"그럼 같이 호텔이라도 갈까?"

"차라리 호텔이 낫죠. 단장실은 싫습니다. 혼자 가세요."

"이거 치사하게 왜 이래? 같이 가서 날 도와줘야지?"

"싫어요. 감독님 잔소리 듣는 것도 지겨운데 가서 단장 잔소리까지 들으라고요? 차라리 절 해고해요. 나는 죽어도 못 갑니다."

"치사한 영감 같으니."

로비 토마스 코치의 너스레에 조지 지라디 감독이 피식 웃음을 흘렸다.

팀 성적만 놓고 보자면 웃을 상황이 아니었지만 뭔가 돌파구를 만들 수 있을 거라는 기대감이 그를 웃음 짓게 만들었다.

코치들과 오늘 경기를 최종 정리한 뒤 조지 지라디 감독은 곧장 단장실을 찾았다.

"어서 와요, 조지."

브라이언 캐시 단장이 웃으며 조지 지라디 감독을 반겼다.

어떤 일로 왔을지 어느 정도 짐작은 하고 있었지만, 브라이언 캐시 단장은 먼저 말을 꺼내지 않았다.

대신 조지 지라디 감독이 편하게 입을 열 때까지 기다려 주었다.

"오늘 경기 보셨죠?"

"봤습니다. 아슬아슬했지만 재미있는 경기였습니다."

"재미있게 보셨다니 다행입니다."

"팬들도 좋아했을 겁니다. 한정훈이 승리를 챙겼고 아롤디르 채프먼이 세이브를 올렸으니까요."

브라이언 캐시 단장이 소파에 몸을 기댔다.

다소 아쉬운 장면들이 없지는 않았지만, 오늘 경기는 양키즈 팬들의 바람대로 이루어졌다.

선발 한정훈이 완벽에 가까운 피칭으로 상대 타선을 박살 내고 마무리 아롤디르 채프먼이 9회를 깔끔하게 막아내며 팀을 승리로 이끈다.

타선이 형편없는 양키즈에게 이보다 더 완벽한 승리 공식은 없었다.

오늘 승리로 양키즈는 연패를 끊고 5승째(6패)를 챙겼다.

그리고 내일 경기 결과에 따라 시즌 처음으로 5할 승률을 맞출 수 있는 가능성을 만들었다.

긴급 면담을 요청한 조지 지라디 감독에게는 미안한 이야기지만 브리아언 캐시 단장은 지금의 양키즈도 나쁘지 않다고 여겼다.

하지만 조지 지라디 감독의 생각은 달랐다.

"선수가 필요합니다."

조지 지라디 감독이 브라이언 캐시 단장을 바라보며 말했다.

그러자 브라이언 캐시 단장이 무겁게 한숨을 내쉬었다.

"그래서 한정훈과 하리모토 쇼타를 데려왔지 않습니까."

양키즈가 오프 시즌 두 선수를 데려오기 위해 투자한 금액이 자그마치 5억 달러였다.

비록 현장에서 원하는 타선 강화에는 실패했지만, 한정훈과 하리모토 쇼타의 합류로 양키즈 마운드의 높이는 메이저 리그에서도 첫 손에 꼽힐 정도로 높아져 있었다.

구단에서 이만큼 노력했는데 시즌 초부터 감독이 찾아와 선수가 없다고 징징거리면 단장 입장에서는 맥이 빠질 수밖에 없었다.

더욱이 한정훈을 꼭 잡아 달라고 했던 건 다름 아닌 조지 지라디 감독이었다.

한정훈만 데려올 수 있다면 설사 타선 강화에 실패한다 하더라도 불만을 갖지 않겠다고 공언하기까지 했다.

물론 조지 지라디 감독도 자신이 했던 말을 잊지는 않았다.

하지만 그때는 그때고 지금은 지금이었다.

한정훈이 양키즈에 합류하면서 새로운 희망이 생겼는데 그걸 이대로 사라지도록 내버려 둘 수가 없었다.

"물론 구단이 두 투수를 데려와 준 건 진심으로 고맙게 생각합니다. 하지만 그렇기 때문에 선수가 필요합니다. 더 좋은 성적을 내야 합니다. 팬들과 언론의 기대치는 이미 월드 시리즈로 향해 있습니다."

조지 지라디 감독이 브라이언 캐시 단장을 똑바로 바라봤다.

덩달아 브라이언 캐시 단장의 표정도 진중하게 변했다.

"지금 월드 시리즈라고 했습니까?"

"네, 월드 시리즈요."

"진심으로 하는 말입니까?"

브라이언 캐시 단장이 되물었다.

조지 지라디 감독이 정말로 양키즈가 월드 시리즈에 진출할 수 있다고 믿는지 알고 싶었다.

"물론 지금의 전력으로는 포스트시즌도 장담하기 어렵습니다. 하지만 선수단을 재정비한다면 최소 챔피언십 시리즈까지는 노려볼 수 있다고 생각합니다."

조지 지라디 감독이 기다렸다는 듯이 대답했다.

월드 시리즈까지는 너무 큰 바람일지 몰라도 챔피언십 시리즈까지는 올라가 보고 싶은 게 솔직한 심정이었다.

"챔피언십 시리즈라."

브라이언 캐시 단장의 입가로 묘한 웃음이 번졌다.

조지 지라디 감독이 끝까지 월드 시리즈를 운운했다면 적당히 대화를 마무리 짓고 넘길 생각이었지만 챔피언십 시리즈라고 하니 살짝 구미가 당겼다.

양키즈가 포스트시즌 디비전 시리즈의 승자들끼리 맞붙는 챔피언십 시리즈에 진출한 건 2012년이 마지막이었다.

이후 10년간 양키즈는 단 한 번도 챔피언십 시리즈를 치르지 못했다.

심지어 디비전 시리즈를 치른 적도 없었다.

그나마 지난 10년간 와일드카드 결정전에 세 번 올랐지만 양키즈는 단 한 번도 승리하지 못했다.

가장 큰 원인은 강력한 에이스의 부재.

다나카 마스히로가 고군분투했지만 애석하게도 리그에는 그와 견줄 만한 투수가 너무나 많았다.

"최소 와일드카드만 확보해도 디비전 시리즈까진 문제없을 겁니다. 그리고 디비전 시리즈에서 다나카 마스히로와 하리모토 쇼타가 제 몫을 해준다면 챔피언십 시리즈 진출도 불가능하지 않다고 생각합니다."

흔들리는 브라이언 캐시 단장을 향해 조지 지라디 감독이 쉬지 않고 말을 이었다.

리그 1위를 차지하고 디비전 시리즈에 직행하는 게 최선이지만 말처럼 와일드카드 결정전을 치른다 해도 문제없었다.

한정훈 카드가 손에 있는 한 디비전 시리즈 진출은 떼놓은 당상이나 마찬가지였다.

일단 디비전 시리즈에 오르면 다나카 마스히로─하리모토 쇼타─한정훈으로 이어지는 선발진을 앞세워 챔피언십 시리즈 진출을 노릴 수 있었다.

거기에서 더 운이 따른다면 챔피언십 시리즈에 올라 월드 시리즈를 목표로 삼게 될지 몰랐다.

"구단주가 5년 이내 월드 시리즈 우승을 바라고 있다는 거 알고 있습니다. 하지만 그러기 위해서는 지금부터 팀을 강하게 만들어야 합니다. 올 시즌에 포스트시즌에 진출해 경험을 쌓지 못한다면 한정훈이라는 최고의 투수를 보유하고도 계약 기간 내에 월드 시리즈 근처도 가지 못하게 될 수 있습니다."

말이 이어질수록 조지 지라디 감독의 언성이 점점 높아졌다.

오죽했으면 비서가 깜짝 놀라 문을 두드릴 정도였다.

그 정도로 조지 지라디 감독은 자신의 속내를 가감 없이 전부 쏟아냈다.

"조지, 당신의 생각은 충분히 알겠습니다. 나 역시 한정훈을 커쇼 같은 비운의 에이스로 만들고 싶지 않습니다."

브라이언 캐시 단장도 조지 지라디 감독의 열정을 높이 샀다.

특히나 최고의 투수를 보유하고도 월드 시리즈에 나가지 못하는 굴욕을 겪고 싶지 않다는 말은 브라이언 캐시 단장의 가슴 한구석을 매섭게 파고들었다.

브라이언 캐시 단장이 거금을 들여 한정훈을 데려온 건 월드 시리즈 우승을 위해서였다.

하지만 최고의 투수를 보유했다고 해서 모두가 월드 시리즈의 주인이 될 수 있는 건 아니었다.

메이저리그 역사를 뒤질 필요도 없이 다저스만 보더라도 알 수 있었다.

다저스의 에이스 클레이튼 커셔는 메이저리그를 통틀어도 첫 손에 꼽힐 만큼 빼어난 투수였다.

그가 다저스에서 14년간 머물며 기록한 5차례의 사이영상과 1점대 후반의 통산 평균 자책점은 그야말로 압도적이라 할 만했다.

같은 기간 그 어떤 투수도 클레이튼 커셔에 견줄 만한 활약을 펼치지 못했다.

하지만 애석하게도 클레이튼 커셔의 손에는 아직 월드 시리즈 우승 반지가 없었다.

지난 5년간 다저스를 포스트시즌에 진출시켰지만, 월드 시리즈 우승은 매번 다른 팀의 차지로 돌아가고 말았다.

다저스의 월드 시리즈 우승이 실패할 때마다 야구팬들은 클레이튼 커셔를 비운의 에이스라 부르며 안타까워했다.

클레이튼 커셔도 우승은 하늘이 정해주는 거라며 덤덤하게 굴었지만, 우승에 대한 갈망에 몸부림을 치고 있었다.

한정훈의 행선지로 양키즈가 결정됐을 때 상당수의 야구팬들은 한정훈이 제2의 클레이튼 커셔가 될 것이라고 전망했다.

몇몇 야구팬은 한정훈이 클레이튼 커셔의 저주를 물려받으면서 올 시즌 다저스가 우승할 것이라고 떠들기도 했다.

그만큼 양키즈는 우승과 거리가 있는 팀이었다.

제아무리 한정훈이라 해도 양키즈를 당장 월드 시리즈에 진출시키는 건 불가능해 보였다.

브라이언 캐시 단장도 양키즈가 우승 전력이 아니라는 걸 냉정하게 받아들였다.

한정훈의 가세가 큰 힘이 되겠지만 그렇다고 당장 월드 시리즈를 바라보는 건 욕심이라고 여겼다.

브라이언 캐시 단장은 내심 시즌 마지막까지 와일드카드 경쟁만 해줘도 다행이라고 여겼다.

그마저도 한정훈이 기대만큼의 활약을 해준다는 전제가 깔린 전망이었다.

그런데 정작 한정훈은 지난 세 경기에서 기대를 뛰어넘는 경기력을 보여주었다.

3경기에 등판해 3승.

완투만 2번에 무려 25이닝을 소화해 냈다.

반면 평균 자책점은 0.36에 불과했다.

탈삼진은 메이저리그 투수 중 가장 많은 45개.

아직 시즌 초반이고 한정훈이 완벽하게 분석되지 않은 상태에서 타자들의 컨디션이 올라오지 않았다는 것까지 감안하더라도 흠잡을 데 없는 성적이었다.

게다가 한정훈은 메이저리그 데뷔 두 번째 경기에서 퍼펙트게임을 달성할 뻔했다.

마지막 아웃 카운트를 남기고 깨지긴 했지만, 메이저리그 역사상 이토록 강렬한 첫인상을 남긴 투수가 있었나 싶을 정도였다.

'한정훈이 이대로만 던져 준다면…….'

한정훈의 피칭을 볼 때마다 브라이언 캐시 단장은 자신도 모르게 월드 시리즈를 꿈꿨다.

이성적으로 불가능에 가까운 바람이라는 걸 모르지는 않지만, 한정훈에게 어울리는 무대는 월드 시리즈뿐이라는 생각이 머릿속을 떠나지 않았다.

하지만 한정훈의 경기가 끝나면 브라이언 캐시 단장은 언제 그랬냐는 듯 현실로 되돌아왔다.

불안한 4, 5선발.

빈약한 타선.

상대적으로 강한 라이벌 구단들.

한정훈 같은 투수를 한 명 더 영입할 수 있다면 모르겠지만, 지금의 전력으로 월드 시리즈를 꿈꾼다는 건 망상에 불과해 보였다.

물론 브라이언 캐시 단장도 전력 강화를 고민하지 않았던 것은 아니다.

며칠 전에는 에릭 지터의 보고서처럼 다나카 마스히로를 매물로 내놓을까 하는 생각까지 해보았다.

그러나 시즌 중에 외부 선수들을 영입하는 건 말처럼 쉬운 일이 아니었다.

특히나 시즌 초에는 모든 팀이 월드 시리즈 우승을 목표로 달렸다.

당연하게도 양키즈가 원하는 선수를 쉽게 내줄 구단은 없다시피 했다.

"조지, 이제 시즌 초반입니다. 조금 더 지켜봅시다."

브라이언 캐시 단장이 에둘러 조지 지라디 감독을 달랬다.

조지 지라디 감독의 심정을 모르는 바는 아니지만, 트레이드를 하려고 해도 시간이 필요했다.

무턱대고 트레이드를 추진했다간 별다른 이득 없이 손해만 보고 끝날 가능성이 컸다.

하지만 조지 지라디 감독은 시즌 초반이기 때문에 빨리 결단을 내릴 필요가 있다고 여겼다.

"지금은 손익을 따질 때가 아닙니다. 한정훈이라는 엔진을 달았으면 낡은 기관들도 교체해야죠. 구멍 뚫린 배에 비싼 엔진을 단다고 해서 배가 잘 나가는 게 아닙니다!"

한정훈이 팀의 에이스로 맹활약하면서 선수들도 조금씩 변하고 있었다.

지난 몇 년간 지구 최하위를 전전하며 패배주의에 젖어 있던 선수들이 점차 승리를 갈망하며 더 높은 곳으로 나아가려는 의지를 내보이고 있었다.

조지 지라디 감독은 한정훈이리는 신형 엔진이 만들어준 긍정적인 에너지를 이대로 낭비하고 싶지 않았다.

한시라도 빨리 한정훈의 에너지를 이어받아 줄 기관들을 장착해 좌초한 양키즈 호를 다시 수면 위로 끄집어 올리고 싶었다.

"후우…… 조지, 다 좋은데 마땅한 선수가 없어요."

브라이언 캐시 단장이 무겁게 한숨을 내쉬었다.

적당히 말하면 조지 지라디 감독도 알아서 물러설 줄 알았는데 이렇게까지 막무가내로 나올 줄은 예상하지 못한 표정이었다.

그러나 조지 지라디 감독도 아무런 대안 없이 무작정 브라이언 캐시 단장을 들볶는 게 아니었다.

"선수가 있다면 가능한 겁니까?"

“……?”

“내놓을 만한 선수가 있다면 트레이드를 할 의향은 있으십니까?”

“……!”

갑작스러운 조지 지라디 감독의 물음에 브라이언 캐시 단장의 눈빛이 흔들렸다.

조지 지라디 감독의 가정이 꼭 다나카 마스히로를 염두에 둔 말처럼 느껴진 것이다.

“왜요? 하리모토 쇼타를 내놓자는 말입니까?”

브라이언 캐시 단장이 떠보듯 되물었다.

그러자 조지 지라디 감독이 말도 안 된다며 펄쩍 뛰었다.

“하리모토 쇼타라니요? 농담 마십시오. 하리모토 쇼타와 다나카 마스히로는 한정훈의 뒤를 받치는 서브 엔진입니다. 이들이 없다면 트레이드도 의미가 없습니다.”

조지 지라디 감독은 하리모토 쇼타와 다나카 마스히로는 트레이드시킬 수 없다는 입장을 분명히 밝혔다.

한정훈-다나카 마스히로-하리모토 쇼타로 이어지는 선발진을 바탕으로 팀을 재편해야 하는데 둘 중 한 명이라도 빠진다면 계획에 차질이 생길 수밖에 없었다.

‘하리모토 쇼타와 다나카 마스히로는 안 된다라. 그럼 대체 누구지?’

브라이언 캐시 단장이 고개를 갸웃거렸다.

트레이드 대상이 다나카 마스히로가 아닌 건 분명 다행스러운 일이었다.

하지만 다나카 마스히로를 제외한다면 마땅한 대상이 없는 것도 사실이었다.

그런 브라이언 캐시 단장의 속내를 읽은 것일까.

조지 지라디 감독이 조심스럽게 입을 열었다.

"선수단 소식은 자주 들으십니까?"

"선수단 소식이요? 왜요? 무슨 일이 있었습니까?"

"대단한 일은 아닙니다. 그저 가벼운 신경전 같은 것이었죠."

"신경전이라…… 서, 설마 한정훈과 관련된 일입니까?"

순간 브라이언 캐시 단장의 눈이 커졌다.

말 그대로 가벼운 신경전이었다면 조지 지라디 감독이 말을 꺼냈을 리가 없었기 때문이다.

아니나 다를까.

"한정훈은 확실히 특별하죠. 그의 재능을 시기하는 선수들이 나올 수밖에 없습니다."

조지 지라디 감독이 쓴웃음을 지어 보였다.

그 웃음에 담긴 의미를 브라이언 캐시 단장은 놓치지 않았다.

"좀 더 자세히 말해주세요."

"별로 유쾌한 이야기는 아닐 텐데요."

"단장인 내가 알고 있어야 할 이야기 아닌가요?"

"그렇다면 마음의 준비를 하십시오."

잠시 뜸을 들이던 조지 지라디 감독이 한정훈과 제리 산체스 사이에 있었던 불화를 털어놓았다.

"그런 일이 있었습니까?"

잠깐 사이에 브라이언 캐시 단장의 표정이 눈에 띄게 굳어졌다.

양키즈가 새로운 대안을 찾아줄 때까지는 주전 포수로서 제 역할을 해줄 것이라 기대했던 제리 산체스가 이런 식으로 사고를 칠 줄은 미처 예상하지 못한 얼굴이었다.

하지만 조지 지라디 감독의 말은 아직 다 끝난 게 아니었다.

"그리고 스탈린 카이스트로 말입니다."

"스탈린이요? 맙소사. 스탈린도 이번 일과 관련이 있습니까?"

"일단 제 이야기를 들어주십시오. 다 듣고 직접 판단하시는 게 좋을 것 같습니다."

"하아……."

브라이언 캐시 단장의 탄식이 끝날 때쯤 조지 지라디 감독은 스탈린 카이스트로가 그동안 보여주었던 고의적인 태업들을 언급했다.

물론 스탈린 카이스트로의 형편없는 플레이는 브라이언 캐시 단장도 익히 알고 있었다.

다른 선수의 경기라면 몰라도 한정훈이 등판하는 경기인 만큼 두 눈 크게 뜨고 마지막까지 지켜봤으니 스탈린 카이스트로의 실수들을 모를 리 없었다.

스탈린 카이스트로는 애당초 수비적으로는 기대치가 낮은 선수였다.

뜨거운 방망이와 구멍 뚫린 글러브로 다저스 팬들을 들었다 났다 했던 엔리 라미레즈처럼 스탈린 카이스트로에게 좋은 수비를 바라는 건 코미디라고 여겼다.

그러나 그건 스탈린 카이스트로가 말 그대로 실수를 저질렀을 때의 이야기다.

그 실수가 실수로 포장된 고의적인 플레이라면 더는 두둔해 줄 수가 없었다.

"후우……."

무겁게 한숨을 내쉬던 브라이언 캐시 단장이 비서를 호출했다.

그리고는 독한 술을 내오라고 지시했다.

"같이 한잔할래요?"

"아닙니다. 전 내일 경기가 있습니다."

"그럼 이해해 줘요. 아무래도 좀 취해야 할 것 같으니까."

브라이언 캐시 단장은 비서가 내온 양주를 얼음으로 채워진 글라스에 가득 따랐다.

그리고 꽉 막힌 속을 뚫듯 단숨에 들이켜 버렸다.

꿀꺽. 꿀꺽. 꿀꺽.

고요해진 단장실 안으로 목울대가 꿀렁거리는 소리가 기괴하게 이어졌다.

조지 지라디 감독은 브라이언 캐시 단장이 적당히 취할 때까지 입을 다물고 자리를 지켰다.

그렇게 삼십여 분쯤 흘렀을까.

"스탈린을 내보내면 유격수는 누구에게 맡기죠?"

브라이언 캐시 단장이 다시 입을 열었다.

"로비가 있습니다."

"로비?"

"로비 래프스나이더요. 지금은 3루수를 보고 있죠."

"아…… 수비는 곧잘 하는데 타격은 별로인 그 친구 말이죠?"

취기로 인해 가슴이 뜨거워져서일까.

처음보다 브라이언 캐시 단장의 말투가 거칠어졌다.

"네, 본래 유격수로 키우려던 선수였습니다. 에릭이 자신의 후계자로 점찍어 둔 선수이기도 했고요."

"그런데 왜 3루수로 밀린 겁니까? 설마 스탈린 카이스트로보다 수비 능력이 떨어지는 건 아니죠?"

"그럴 리가요. 오늘 경기에서도 보여줬지만, 유격수뿐만 아니라 2루수 위치에 가져다 놔도 수비 하나만큼은 잘하는 선수입니다."

"그럼 결국 몸값 때문이란 이야기인데……."

브라이언 캐시 단장이 이해했다며 고개를 끄덕였다.

조지 지라디 감독과 대화를 주고받다 보니 로비 래프스나이더에 대한 정보들이 열린 것이다.

양키즈의 캡틴 에릭 지터의 은퇴 후 그의 빈자리를 두고 갑론을박이 벌어졌다.

당시 브라이언 캐시 단장은 팜에서 에릭 지터의 후계자를 뽑을 필요가 있다고 말했다.

에릭 지터가 양키즈의 프랜차이즈인 만큼 그의 후계자 역시 양키즈의 프랜차이즈가 되어야 한다는 이유에서였다.

하지만 브라이언 캐시 단장을 견제하는 세력들은 당장 에릭 지터를 대체할 만한 선수를 데려와야 한다고 목소리를 높였다.

여러 선수가 물망에 올랐지만, 결과적으로 스탈린 카이스트로가 낙점을 받았다.

블랭키 톰슨 부사장이 적극적으로 추천한 게 결정적으로 작용했다.

현장에서는 스탈린 카이스트로의 수비 능력이 떨어진다며 당장 유격수를 맡기기에 곤란하다는 뜻을 보였다.

그래서 스탈린 카이스트로는 2루수로 양키즈 생활을 시작해야 했다.

그러나 스탈린 카이스트로가 수비보다 방망이를 통해 몸값을 해내기 시작하면서 그의 포지션은 다시 유격수로 정정됐다.

그리고 그때부터 지금까지 아무런 위협 없이 양키즈의 주전 유격수 자리를 꿰차고 있었다.

"내가 멍청한 짓을 했군요."

브라이언 캐시 단장이 다시금 술잔을 들이켰다.

고작 이 정도밖에 안 되는 선수인 줄도 모르고 스탈린 카이스트로에게 7년간 1억 4천만 달러를 주겠다고 했으니 입이 열 개라도 할 말이 없었다.

"그 당시에 스탈린은 팀에 필요한 선수였습니다. 그래서 단장께 잡아 달라 부탁했던 거고요."

조지 지라디 감독이 브라이언 캐시 단장을 달랬다.

새로운 7년 계약을 맺을 당시만 하더라도 스탈린 카이스트로는 지금처럼 안하무인의 선수는 아니었다.

감독 무서운 줄 알고 팬들을 위한 플레이를 하려고 노력하는 선수였다.

만약 2년 전으로 돌아간다 하더라도 조지 지라디 감독은 스탈린 카이스트로를 붙잡아 달라고 구단에 요구했을 것이다.

그때는 그게 최선이었다.

다만 최선의 선택이 늘 최고의 결과로 이어진다는 보장이 없을 뿐이었다.

"어쨌든 중심 타자가 필요하겠군요."

브라이언 캐시 단장이 나직이 중얼거렸다.

내야 수비의 핵심이라 불리는 유격수를 매물 대상으로 올리긴 했지만, 수비에 대한 부담감은 없었다.

양키즈 팜에는 내야 자원이 많았다.

조지 지라디 감독의 계획대로 로비 래프스나이더에게 유격수를 맡겨도 되고 비비 그레고리우스를 유격수로 돌리고 로비 래프스나이더를 계속 3루수로 기용해도 상관없었다.

나머지 빈자리는 유망주를 콜업하거나 외부 출혈을 통해 데려올 수 있었다.

문제는 스탈린 카이스트로가 차지하고 있던 3번 타순이다.

가뜩이나 빈약한 타선에서 홀로 매서운 방망이를 뽐내던

스탈린 카이스트로를 트레이드시키려면 적어도 그에 버금갈 만한 타자를 영입해야만 했다.

"이름값은 중요하지 않습니다. 팀에 잘 융화될 수 있는 선수, 하고자 하는 의지가 있는 선수가 필요합니다."

조지 지라디 감독이 조건을 걸었다.

그저 몸값만 높고 은퇴할 날이 머지않은 노장들은 사양한다는 소리였다.

"그렇게 말해주니 마음은 한결 편하네요."

브라이언 캐시 단장이 피식 웃었다.

조지 지라디 감독이 구단의 재정 사정은 조금도 고려하지 않고 스탈린 카이스트로를 뛰어넘는 타자를 요구하면 어쩌나 걱정했는데 한시름 놓이는 기분이었다.

하지만 그렇다고 해서 조지 지라디 감독의 눈높이가 만만한 건 결코 아니었다.

다른 팀에서는 자리를 잡지 못했지만 양키즈에 와서 잘할 것 같은 선수를 찾는다는 게 말처럼 쉬울 리 없었다.

그렇다고 명색이 단장이라는 자가 해보지도 않고 앓는 소리부터 낼 수는 없는 노릇이었다.

"열흘만 기다려 주십시오. 그 전에 어떻게든 답을 주겠습니다."

브라이언 캐시 단장이 텅 빈 술잔을 내려놓으며 말했다.

"단장님만 믿겠습니다."

조지 지라디 감독이 씩 웃으며 자리에서 일어났다.

그렇게 양키즈발 트레이드의 막이 올랐다.

"급히 회의할 일이 있으니까 내일 아침 일찍 내 사무실로 모이라고 해요."

조지 지라디 감독이 사무실을 나가기가 무섭게 브라이언 캐시 단장은 긴급회의를 공지했다.

그리고 다음 날, 아침 8시부터 회의가 시작되었다.

"안건은 트레이드입니다."

브라이언 캐시 단장이 운을 떼자 직원들은 그럴 줄 알았다며 고개를 주억거렸다.

개막 후 11경기 만에 메이저리그 전체 타격 순위 25위권 밖으로 밀려나 버린 양키즈 타선을 회생시킬 방법은 트레이드를 통한 외부 수혈밖에 없었다.

문제는 누구를 내주고 누구를 데려오느냐는 것이었다.

직원들의 시선이 다시 브라이언 캐시 단장에게 몰려들었다.

"1차 정리 대상은 스탈린 카이스트로입니다."

모두의 주목을 받으며 브라이언 캐시 단장이 다시 입을 열었다.

그러자 처음과는 달리 상당수의 직원이 당혹감을 보였다.

설마하니 계약이 4년이나 남은 양키즈의 주전 유격수를 내다 팔 줄은 예상하지 못한 것이다.

하지만 그들 중 누구도 감히 그 이유를 물어보지 않았다.

브라이언 캐시 단장이, 아니, 양키즈가 고작 돈 몇 푼 때문에 선수를 파는 구단은 아니었기 때문이다.

실력적인 문제일 수도 있고 인성적인 문제일 수도 있었다.

스탈린 카이스트로의 행실이 마음에 들지 않았을 수도 있고 구단 내부 권력 다툼의 희생양으로 찍힌 것인지도 몰랐다.

그 이유가 어느 쪽이든 큰 의미는 없었다.

중요한 건 브라이언 캐시 단장이 공식적으로 스탈린 카이스트로를 방출하기로 마음먹었다는 점이다.

그렇다면 지금부터 해야 할 일은 스탈린 카이스트로를 가장 비싼 값에 사줄 수 있는 거래처를 찾는 것이다.

"블루 제이스는 어떤가요? 툴로이츠키가 예전만 못하다고 골치 아파하던데요."

"미쳤어요? 가뜩이나 다이너마이트 같은 타선인데 우리가 보태줄 일 있어요?"

"어지간하면 내셔널리그 쪽으로 생각해 보자고요. 그편이 트레이드가 실패하더라도 마음이 편할 테니까요."

"하지만 내셔널리그에 스탈린 카이스트로의 형편없는 수비를 참아줄 수 있는 팀이 있을까요?"

"거의 없죠. 그러느니 차라리 아메리칸리그가 나아요. 여차하면 지명 타자를 활용해 포지션을 돌릴 수도 있으니까."

"그럼 어슬레틱스 어때요? 한정훈 선수 영입 실패로 인해 하드 뱅크의 투자 이야기가 쑥 들어갔다던데요."

직원 중 누군가가 어슬레틱스를 입에 올렸다.

그러자 다른 이들이 기다렸다는 듯이 의견을 쏟아냈다.

"어슬레틱스도 유격수 포지션이 구멍이긴 하죠."

"마커스 사이먼 선수 말이죠? 하지만 수비 능력만 놓고 보면 스탈린 카이스트로하고 비슷비슷할 텐데요?"

"마커스 사이먼과 스탈린 카이스트로를 나란히 놓고 수비 실력을 테스트하면 끝까지 지켜보기도 전에 뒷목 잡고 병원에 실려 갈 가능성이 크죠."

"하하. 맞아요. 그리고 어슬레틱스와 트레이드를 하면 분명 스탈린 카이스트로에 대한 연봉 보조는 잔뜩 받아먹고 마커스 사이먼을 다른 팀에 비싸게 팔아먹으려 들 게 뻔해요."

"그야 빌리 벤 사장이 워낙에 손해 보는 걸 싫어하는 스타일이니까요."

"그럼 뭐 우리 단장님은 손해 보는 걸 즐기는 스타일이라는 거예요?"

갑작스럽게 불똥이 자신에게 튀자 브라이언 캐시 단장이 쓴웃음을 지었다.

양키즈를 위해서라는 대의명분을 내세웠지만, 그 역시도 마음에 들지 않는 선수들을 웃돈 주고 팔아넘긴 전력이 있었다.

아니, 돈 좀 있다는 메이저리그 구단 단장치고 그런 트레이드 한두 번 해보지 않은 이들은 없을 터였다.

"자, 자. 괜히 단장님 불편하게 만들지 말고 다시 집중합시다. 일단 어슬레틱스는 별로예요. 서로 원하는 카드가 맞지 않을 테니까요."

"맞아요. 그나마 가능한 딜은 스탈린 카이스트로와 마커스 사이먼을 맞바꾸는 건데……."

"구멍 난 글러브 싫다고 다른 구멍 난 글러브하고 맞바꾸자고요? 차라리 구멍 난 글러브 기워 쓰는 편이 낫겠어요."

"그럼 에인절스는 어때요?"

직원들은 메이저리그 거의 모든 구단을 언급하며 자유롭게 트레이드 카드를 맞춰보았다.

어차피 최종 결정권은 브라이언 캐시 단장에게 있는 만큼 일말의 부담도 갖지 않았다.

'흠, 그 카드도 제법 쓸 만하군.'

브라이언 캐시 단장은 묵묵히 직원들의 대화를 지켜보며

쓸 만한 카드들을 체크했다.

그리고 회의가 끝난 뒤 에릭 지터와 앤디 패티스를 불러들였다.

"스탈린 카이스트로라니. 진심이에요?"

트레이드 매물을 확인한 앤디 패티스가 눈을 똥그랗게 떴다.

트레이드한다면 십중팔구 선발급 투수일 거라 예상했는데 설마하니 주전 유격수를 팔겠다고 나올 줄은 예상하지 못한 얼굴이었다.

"최근 스탈린 카이스트로의 무성의한 플레이 때문에 그러십니까?"

에릭 지터도 씁쓸함을 감추지 못했다.

수비는 기대 이하지만 공격적인 부분에 있어서는 자신의 빈자리를 완벽하게 채워주고 있는 스탈린 카이스트로를 이대로 내보낸다는 게 아쉽다는 반응이었다.

"어쩔 수 없는 선택이었네."

브라이언 캐시 단장은 차분하게 조지 지라디 감독의 말을 전했다.

한정훈과 제리 산체스 사이에 있었던 다툼과 스탈린 카이스트로의 고의적인 태업까지.

하나도 빠짐없이 털어놓았다.

"일부러 그랬다고요? 그 미친놈이 일부러 한정훈의 퍼펙트게임을 망쳤단 말입니까?"

전후 사정을 전해 들은 앤디 패티스는 흥분을 감추지 못했다.

평생에 단 한 번 기록할까 말까 한 퍼펙트게임이라는 대기록을 같은 팀 동료가 일부러 망치다니!

이건 참아주려 해도 참을 수가 없는 일이었다.

"진정해. 일단은 심증뿐이야. 아무런 증거가 없다고."

에릭 지터가 앤디 패티스를 달랬다.

스탈린 카이스트로를 트레이드 시키려 하는 상황에서 괜히 그런 불미스러운 일들을 입 밖으로 옮겨봐야 득이 될 게 하나도 없었다.

그러면서도 에릭 지터는 한마디도 스탈린 카이스트로를 두둔하지 않았다.

그 역시도 스탈린 카이스트로의 안이한 플레이 속에 고의성이 숨어 있다는 사실을 어느 정도 눈치채고 있었던 것이다.

"유격수 자리야 로비 래프스나이더나 비비 그레고리우스로 채우면 된다지만 중심 타선이 문제겠네요."

에릭 지터가 애써 말을 돌렸다.

브라이언 캐시 단장이 트레이드 카드까지 확보한 뒤 자신들을 불렀다는 건 트레이드를 성사시키겠다는 소리나 다름

없었다.

그렇다면 불필요한 감정 낭비보다는 양키즈를 위해 득이 될 만한 트레이드 카드를 찾는 게 옳았다.

"투수는 왜 빼? 지금 불펜 엉망인 거 안 보여? 그리고 지금의 4, 5선발로는 좋은 성적을 내기가 어렵다고."

에릭 지터가 타선 보강에 욕심을 내자 앤디 패티스도 지지 않고 목소리를 높였다.

많은 전문가가 양키즈의 선발진은 수준급으로 평가하고 있지만 그건 어디까지나 상위 선발에 한해서였다.

5선발 전체를 놓고 봤을 때 양키즈 마운드의 안정성은 메이저리그 전체 10위 안에도 들지 못했다.

"욕심부릴 걸 부려. 스탈린 카이스트로는 3번 타자라고. 3번 타자를 빼고 투수를 영입하자는 게 말이 되는 소리야?"

"왜 안 돼? 누굴 데려오던 타격은 글러 먹었다니까. 그럴 바에야 차라리 10승급 선발 투수를 데려오자고."

"그 10승이 타자들의 도움 없이 가능하다고 생각하는 거야?"

"그럼? 마이클 트라우스나 브레이브스 하퍼라도 데려올 자신 있는 거야? 그럼 내가 양보하지. 얼마든지 양보할 수 있다고."

"지금 이 상황에 농담이 나오냐!"

"그러니까 타자를 영입해야 한다고 못 박지 마라니까? 투수도 급해. 수준급 불펜 투수를 데려오던지, 아니면 최소 쓸 만한 4선발이 필요하다고!"

서로 원하는 걸 얻기 위해 앤디 패티스와 에릭 지터가 팽팽하게 맞섰다.

우선으로 나온 매물이 스탈린 카이스트로 한 명이고 그 한 명으로 얻어낼 수 있는 선수는 한계가 있다 보니 좀처럼 양보를 하려 들지 않았다.

하지만 브라이언 캐시 단장은 이번 트레이드를 스탈린 카이스트로 한 명으로 끝낼 생각이 없었다.

"그만들 싸우고 서로 필요로 하는 선수들을 말해봐. 조율은 내가 할 테니까."

브라이언 캐시 단장이 중재하듯 말했다.

그러자 앤디 패티스와 에릭 지터의 시선이 동시에 브라이언 캐시 단장에게 향했다.

"서로 필요한 선수라니요? 대체 얼마나 크게 판을 벌이려고 그래요?"

"브라이언, 침착해요. 팀을 개편하는 것도 좋지만 이미 시즌이 시작됐어요. 자칫 잘못했다간 얻는 것 없이 팀이 망가질지도 몰라요."

앤디 패티스와 에릭 지터가 앞다투어 브라이언 캐시 단장을 만류했다.

스탈린 카이스트로야 눈 밖에 난 상황이지만 트레이드 카드를 맞춰보겠다고 다른 선수들까지 심란하게 만들어서 좋을 게 없었다.

브라이언 캐시 단장도 그 사실을 모르지는 않았다.

하지만 트레이드라는 게 서로가 원하는 걸 딱딱 맞추기가 쉽지 않았다.

또한, 남이 원하는 걸 던져 주지 않고서는 내가 원하는 걸 얻을 수가 없었다.

"일단 이것부터 보고 이야기하지."

브라이언 캐시 단장이 앤디 패티스와 에릭 지터에게 종이 한 장씩을 건넸다.

그 속에는 다저스의 40인 로스터에 포함된 선수의 트레이드 가능 여부가 적혀 있었다.

당연하게도 가장 윗줄에 적힌 한정훈의 이름 옆에는 불가능이라는 단어가 선명하게 찍혀 있었다.

뒤이어 하리모토 쇼타와 다나카 마스히로, 아롤디르 채프먼 등 팬들의 인기가 높은 주전급 선수들은 대부분 불가능 판정을 받았다.

이외 활용도가 조금 떨어지는 주전 선수들은 보류 혹은 고려 판정을 받았다.

일단 브라이언 캐시 단장이 트레이드 카드로 확정한 건 스탈린 카이스트로 한 명뿐이었다.

"후우……."

"흠……."

명단을 확인한 앤디 패티스와 에릭 지터가 애써 흥분을 가라앉혔다.

이토록 체계적으로 선수들을 분류했다면 더는 감정적으로 나설 문제가 아니었다.

"설마 정말로 마이클 트라우스급 선수를 데려오려는 건 아니죠?"

앤디 패티스가 조심스럽게 물었다.

에인젤스의 간판타자인 마이클 트라우스에게 당장 핀 스트라이프를 입히는 건 불가능한 일이겠지만 마이클 트라우스만큼의 재능을 보이는 젊은 선수들을 영입하는 것이라면 이야기가 달랐다.

스탈린 카이스트로와 몇몇 선수에 웃돈을 얹고 드래프트 지명권까지 넘긴다면 아직 잭팟을 터뜨리지 못한 미래의 슈퍼스타 한 명쯤은 양키즈로 데려올 수도 있었다.

그러자 에릭 지터가 말도 안 되는 소리를 한다며 핀잔을 주었다.

"양키즈의 슈퍼스타는 한정훈 하나로 족하다고."

양키즈가 한정훈 한 명을 잡기 위해 쏟아부은 돈이 자그마치 3억 8천만 달러다.

여기에 마이클 트라우스급 선수를 데리고 와서 수억 달러짜리 연봉을 계약했다간 제아무리 양키즈라 하더라도 버거울 수밖에 없었다.

"양키즈는 한정훈 위주로 재편할 생각이야. 그러니까 가급적이면 이름값보다는 가능성 있는 선수들을 데려오자고. 물론 몸값이 싸면 쌀수록 좋은 거고."

브라이언 캐시 단장도 웃으며 한마디 거들었다.

메이저리그에서 몸값은 곧 자존심이고 실력이다.

한정훈이 전성기를 지났다면 또 몰라도 지금 당장 한정훈의 아성에 도전할 만한 선수를 무리해서 데려오는 건 팀 케미스트리에 아무런 도움이 되지 못했다.

"그러니까 결국 싸고 좋은 선수를 데려오자는 말인데…… 여기 양키즈 단장실 맞는 거죠?"

앤디 패티스가 어색한 표정을 지었다.

이번 오프 시즌 때 구단의 출혈이 컸다는 걸 알고는 있지만, 천하의 양키즈가 돈 걱정을 하고 있다는 사실이 믿기지 않는 눈치였다.

"단순히 돈 문제가 아니지. 우리가 내놓을 수 있는 카드를 생각하라고."

에릭 지터가 또다시 면박을 줬다.

앤디 패티스가 농담으로 한 말이라며 항변했지만 진지해진 에릭 지터의 표정은 조금도 달라지지 않았다.

"나 참, 여긴 뭐가 이렇게 까다로워?"

앤디 패티스가 불만스럽게 입술을 삐죽거렸다.

하지만 그것도 잠시.

브라이언 캐시 단장이 회의를 통해 1차적으로 추린 명단을 나눠 주자 언제 그랬냐는 것처럼 눈을 반짝거렸다.

"이 선수, 괜찮은 거 같은데요."

"흠, 난 이 선수가 더 나은 거 같은데."

"두 선수 모두 탐이 나긴 하지만 이렇게 하면 트레이드하기가 복잡해지잖아."

"그러니까 에릭이 포기해야죠."

"내가 왜? 네가 포기해야지."

"차라리 이 선수들은 어떤가?"

세 사람은 밤늦은 시간까지 트레이드 카드를 맞추는 데 열중했다.

그러느라 코앞에서 벌어졌던 다나카 마스히로와 킹 펠릭스 간의 전대 에이스 맞대결을 놓치고 말았다.

1승씩 승리를 나눠 가진 양키즈와 매리너스 간의 3차전은 양키즈의 승리로 끝이 났다.

다나카 마스히로와 펠릭스 에르난데르의 명품 투수전 속에 7회까지 0의 균형이 이어졌지만 8회부터 바통을 이어받은 불펜 싸움에서 승부가 갈리고 만 것이다.

8회 말 안타 3개와 사사구 1개를 묶어 2득점에 성공한 양키즈는 9회 초 수호신 아롤디르 채프먼을 올려 경기를 마무리 지었다.

전날에 이어 이틀 연속 등판한 아롤디르 채프먼은 아웃 카운트 세 개를 전부 삼진으로 얻어내며 시즌 2세이브째를 수확했다.

이로써 연승에 성공한 양키즈는 6승 6패로 시즌 첫 5할 승률을 달성했다.

그리고 그 사실이 단장실에 전해질 때쯤 트레이드에 대한 대략적인 윤곽이 드러났다.

"다들 고생했네. 이제부터는 내가 알아서 하지."

에릭 지터와 앤디 패티스의 도움으로 최종 선별을 끝마친 브라이언 캐시 단장이 곧장 전화기를 들었다.

다소 늦은 시간이었지만 상대도 메이저리그 단장인 이상 당연히 전화를 받을 것이라 여겼다.

잠시 후.

－자네가 나한테 전화를 다 걸다니 무슨 일인가? 혹시 양키즈에서 잘렸나?

　수화기를 타고 고약한 목소리가 울려 퍼졌다.

78장
트레이드(1)

"잠시만 기다려 주게."

갑작스러운 브라이언 캐시 단장의 트레이드 제안에 브레이브스의 제인 코폴레라 단장이 일단 통화를 중지시켰다.

그리고 때마침 단장 사무실에 와 있던 보좌역들을 바라보며 입을 열었다.

"양키즈가 스탈린 카이스트로를 넘겨준다는데?"

제인 코폴레라 단장의 한마디에 보좌역들의 표정이 엇갈렸다.

"스탈린 카이스트로를요?"

"대체 왜요?"

지난해 보좌역으로 합류한 카일 로페스와 존 프레드는 이해할 수 없다는 반응을 보였다.

스탈린 카이스트로는 3번을 치는 양키즈의 주전 유격수였다.

양키즈에서 그를 대체할 만한 자원도 없는 상태였다.

그런데 무턱대고 트레이드를 하겠다니.

양키즈의 꿍꿍이가 절로 의심스러워졌다.

"스탈린 카이스트로라. 수비 때문인가?"

"확실히. 그 녀석 지난번에 한정훈의 퍼펙트게임을 망쳤잖아."

"한정훈하고 한바탕한 거 아냐?"

"한정훈이 아시아인인 걸 감안하면 가능성은 적겠지만, 또 그가 쌓아 올린 커리어를 생각하면 불가능한 일은 아니지."

브레이브스 레전드 출신답게 앤더 존스 보좌역과 치퍼 존스 보좌역은 좀 더 그럴듯한 추론으로 스탈린 카이스트로의 트레이드에 접근했다.

그러자 고든 브레이크 보좌역 겸 부단장이 동의하듯 고개를 주억거렸다.

"단장, 일단 저쪽에서 원하는 카드를 들어볼 필요는 있을 거 같습니다."

고든 브레이크 부단장이 제인 코폴레라 단장을 바라보며 말했다.

그러자 제인 코폴레라 단장이 잠시 돌려놓았던 라인을 다시 연결했다.

"원하는 게 뭐야?"

제인 코폴레라 단장이 단도직입적으로 물었다.

양키즈가 스탈린 카이스트로라는 주전 유격수를 내놓았다는 건 브레이브스에 원하는 무언가가 있다는 소리였다.

─에이론은 어때?

수화기 너머로 브라이언 캐시 단장의 목소리가 들려왔다.

"헛소리는 집에 가서 하고."

제인 코폴레라 단장은 어림도 없다며 일축했다.

브라이언 캐시 단장이 진심으로 한 말도 아니겠지만, 브레이브스의 에이스로 커 나가고 있는 에이런 블레어를 고작 스탈린 카이스트로와 맞바꿀 생각은 추호도 없었다.

─그럼 마이크도 어렵겠군.

"누구? 마이크? 마이크 폴티네비치? 브라이언, 지금 술 마셨어? 나한테 장난치려고 전화 건 거야?"

제인 코폴레라 단장의 입에서 마이크 폴티네비치라는 이름이 터져 나오자 카일 로페스와 존 프레드가 자리에서 벌떡 일어났다.

양키즈가 오만하게 구는 건 어제오늘의 일은 아니지만 없는 살림에 에이스 역할을 하고 있는 마이크 폴티네비치를 달라니.

이건 조롱이나 다름없었다.

-그렇게 흥분만 하지 말고. 우린 투수를 원해.

브라이언 캐시 단장이 속내를 감추며 말했다.

그러자 제인 코폴레라 단장이 이해할 수 없다는 표정을 지었다.

"투수? 투수가 없어? 양키즈가?"

-그래.

"허, 지금 우리 염장 지르는 거야? 한정훈과 하리모토 쇼타를 데려가 놓고 투수가 없다니. 그 말을 믿으라는 거야?"

브라이언 캐시 단장이 내던진 미끼를 제인 코폴레라 단장은 쉽게 물려 하지 않았다.

브라이언 캐시 단장이 앓는 소리까지 내봤지만 마찬가지였다.

지금 양키즈의 전력에서 마운드는 과분할 정도였다.

그나마 마운드 덕분에 5할 승률을 유지하고 있는데 투수가 없다니.

리빌딩으로 고생 중인 팀의 단장에게 할 소리는 결코 아니었다.

-그래서, 줄 투수가 없다는 거야?

"적어도 양키즈에 줄 투수는 없지."

―좋아. 알았어. 그럼 다시 전화하지.

용건이 사라지자 브라이언 캐시 단장이 전화를 끊어버렸다.

제인 코폴레라 단장이 비서를 통해 다시 전화를 넣어봤지만, 통화 중이라는 답변만 돌아왔다.

"양키즈가 투수를 원한다는데?"

제인 코폴레라 단장이 다시 보좌역들을 바라봤다.

설마하니 타선이 약한 양키즈에서 타자가 아니라 투수를 노릴 것이라고는 생각하지 못한 표정이었다.

보좌역들의 반응도 별반 다르지 않았다.

"3번 타자를 내주고 투수라니. 양키즈가 대체 무슨 생각일까요?"

"그 선발 투수를 다른 곳에 팔아서 타자를 데려오려는 것일지도 모르죠."

"아니, 브라이언 캐시 단장 스타일상 그런 번거로운 일을 벌일 리가 없지."

"내 생각도 같아. 어쩌면 선발진에 문제가 생겼을지도 모르고."

서로 고개를 갸웃거리던 보좌역들의 시선이 자연스럽게 고든 브레이크 부단장에게 향했다.

전직 양키즈 프런트 출신으로 양키즈와 끈을 가지고 있는 고든 브레이크라면 이 수수께끼를 풀 수 있을 것 같았다.

하지만 고든 브레이크도 양키즈의 속사정을 속속들이 파악하고 있는 건 아니었다.

그나마 최근에 들은 거라고는 한정훈과 제리 산체스의 사이가 좋지 않다는 것뿐이었다.

'제리 산체스가 아니라 스탈린 카이스트로를 매물로 내놓은 이유는 뭘까? 스탈린 카이스트로가 쓸모없어진 건 아닐 테고. 이참에 제리 산체스를 비롯한 도미니카 라인을 정리하기 위해서? 한정훈의 입김이 작용했을까?'

잠시 고심하던 고든 브레이크가 뭔가를 써서 제인 코폴레라 단장에게 전했다.

그러자 제인 코폴레라 단장이 눈을 똥그랗게 떴다.

"도미니카 라인을?"

"확신하긴 어렵지만, 가능성은 충분해 보입니다."

"흠……."

제인 코폴레라 단장이 고심에 빠졌다.

그사이 다른 보좌역들도 도미니카 라인이라는 정보를 가지고 계산기를 두드렸다.

"양키즈에 도미니카 라인이 누구누구죠?"

"제리 산체스, 스탈린 카이스트로."

"어제 경기에 불을 지를 뻔했던 루이스 로베이노도 도미니카 출신이죠."

"일단 40인 로스터에 든 선수들은 그 정도입니다."

"스탈린 카이스트로 한 명이라면 좀 고민이 되겠지만, 이 셋을 한꺼번에 넘기려 한다면 나쁘지 않을 거 같은데?"

앤더 존스가 긍정적인 반응을 보였다.

스탈린 카이스트로의 자리가 모호하긴 했지만, 취약 포지션인 포수와 불펜을 한 번에 보강할 수 있다면 추진해 봐도 괜찮을 제안 같았다.

"확실히 타일러의 후계자는 필요하지."

치프 존스가 고개를 끄덕거렸다.

주전 포수 타일러 플로우가 건재하긴 하지만 86년생으로 전성기를 지나 버렸다.

냉정하게 봤을 때 리빌딩의 마무리를 눈앞에 둔 시점에서 타일러 플로우는 정리 대상이지 팀의 미래를 맡길 포수는 아니었다.

그런 점에서 타일러 플로우보다 6살이나 어린 제리 산체스는 확실히 매력적이었다.

미래의 주전 포수로 점찍은 재목들이 성장해 줄 때까지 제리 산체스가 시간을 벌어준다면 브레이브스의 리빌딩도 더욱 완벽해질 터였다.

"루이스 로베이노도 마무리 투수로 손색이 없습니다. 공도 빠르고 체격도 좋으니까요."

존 프레드는 루이스 로베이노를 마음에 들어 했다.

94년생의 어린 나이에 바로 어제 자신의 최고 구속을 갱신한 전도유망한 불펜 투수.

아직 이렇다 할 적임자를 찾지 못한 브레이브스의 마무리 투수 자리에 잘 어울릴 것 같았다.

"그럼 스탈린 카이스트로는 빼고 가죠. 스탈린 카이스트로는 와봐야 자리가 없습니다."

카일 로페스가 목소리를 높였다.

팀의 유격수 자리에는 주장 노릇을 하고 있는 댄스비 스와슨이 버티고 있었다.

공격적인 부분은 스탈린 카이스트로보다 부족할지 몰라도 안정감 있는 수비는 내셔널리그 유격수 중에서도 첫 손에 꼽힐 정도였다.

브레이브스 팬들도 양키즈의 전설 에릭 지터처럼 성장해 주길 바라는 댄스비 스와슨의 자리가 흔들리는 걸 원치 않을 것 같았다.

하지만 그렇다고 해서 스탈린 카이스트로를 빼고 트레이드를 진행한다는 건 말이 되지 않았다.

"양키즈가 가장 먼저 제시한 카드야. 무조건 받아야 하는 카드라고."

"스탈린 카이스트로는 3루를 맡기면 돼. 헥터 올리브도 이제 쉴 때가 다가오고 있다고."

"오, 치프! 정말로 스탈린 카이스트로가 헥터 올리브를 대신할 수 있다고 생각하는 건 아니죠?"

"수비는 물론 헥터 올리브가 낫겠지. 하지만 공격이라면 가능할걸?"

"연봉이 문제겠지만, 그거야 단장이 알아서 잘 조율할 테고. 안 그래요, 코폴레라?"

갑작스럽게 대화가 자신에게 튀자 제인 코폴레라 단장이 슬쩍 입가를 비틀어 올렸다.

스탈린 카이스트로가 계륵처럼 느껴지긴 하지만 자신의 장기를 살려 어느 정도 연봉 보조를 받으면서 제리 산체스와 루이스 로베이노까지 손에 넣을 수 있다면?

손해 보는 느낌은 아니었다.

문제는 그들을 받고 누구를 내주느냐는 것이다.

제리 산체스와 루이스 로베이노가 탐난다고 해서 리빌딩의 주역들을 무작정 넘겨줄 수는 없는 노릇이었다.

"일단 투수가 문제인데…… 마이너에 있는 테너 제이슨 어떻습니까?"

잠자코 있던 고든 브레이크가 입을 열었다.

순간 보좌역들이 동시에 입을 쩍 하고 벌렸다.

"테너 제이슨이라면 양키즈도 관심을 보일 거 같은데요?"

"96년생으로 어리고 빠른 공을 던지는 좌완이니까요."

"게다가 작년까지 한정훈과 한 팀에서 뛰었죠."

"시범 경기에서 조금만 더 좋은 성적을 거두었더라도 분명 선발진에 합류했을 재목입니다."

보좌역들은 한목소리로 테너 제이슨을 추천했다.

팀에 제대로 적응하지 못하고 경쟁에서 밀려 마이너리그로 내려간 만큼 아쉬울 게 없다는 반응이었다.

"테너 제이슨과 함께 타자도 몇 명 얹어서 보내는 게 좋겠습니다."

"잘됐네요. 그렇지 않아도 교통정리가 필요하던 차였는데."

양키즈가 원하는 투수로 테너 제이슨을 확정 지은 뒤 보좌역들은 나머지 카드들을 맞추기 시작했다.

보좌역들의 입에서 나오는 이름은 대부분이 브레이브스가 팀의 기둥이 될 투수라며 데려온 유망주들이었다.

하지만 메이저리그 로스터가 25인으로 한정된 상황에서 그들 전부를 안고 가기란 불가능한 일이었다.

"일단 이 정도가 가능하단 말이로군."

보좌역들의 대화를 부지런히 정리하던 고든 브레이크 부단장이 고개를 끄덕거렸다.

그리고는 그 안에다 자신의 직권으로 세 명의 선수 이름을 더 추가시켰다.

"양키즈 단장실로 연결해."

명단을 확인한 제인 코폴레라 단장이 곧장 수화기를 들었다.

그리고 잠시 후.

─바쁜데 왜 자꾸 전화하고 그래?

브라이언 캐시 단장의 짓궂은 목소리가 들려왔다.

"잔말 말고. 우리랑 하지."

─싫어. 이미 말린스하고 이야기 중이라고.

"거짓말하지 마. 말린스가 스탈린 카이스트로를 감당할 수 있을 거 같아?"

─왜 못해? 우리가 연봉을 보조해 줄 건데.

"크흠, 어쨌든 우리랑 해. 우리가 먼저였잖아."

─일단 이야기는 들어보지.

브라이언 캐시 단장이 다시 협상 테이블에 앉았다.

말을 하진 않았지만 내심 제인 코폴레라 단장의 전화가 걸려오길 기다리던 차였다.

"투수 말인데…… 테너 제이슨 어때?"

잠시 뜸을 들이던 제인 코폴레라 단장이 첫 번째 카드를 내밀었다.

스탈린 카이스트로에서 시작한 트레이드를 도미니카 라인 전체로 확대시키기 위해서라도 일단은 양키즈가 원하는 뭔가를 손에 쥐여줄 필요가 있었다.

-테너? 그게 누군데?

"시치미 떼지 말고. 알잖아. 랜디 제이슨의 아들."

-아…… 그 녀석?

브라이언 캐시 단장이 떨떠름한 목소리를 냈다.

덩달아 제인 코폴레라 단장의 표정도 어두워졌다.

브라이언 캐시 단장이 연기하는 것인지 아니면 정말 시큰 둥한 것인지 확실치가 않은 것이다.

"그럼…… 제이크 햄튼은 어때?"

잠시 고민하던 제인 코폴레라 단장이 조심스럽게 카드 한 장을 뒤집었다.

제이크 햄튼.

97년생 내야수로 제2의 마이크 트라우스가 될 거란 기대를 한 몸에 받았던 선수였다.

하지만 고질적인 수비 불안 때문에 메이저리그 콜업에서 매번 미끄러졌다.

올 시즌 시범 경기에서도 4개의 홈런을 때려내며 장타력을 과시했지만 무려 5개의 실책을 범하며 메이저리그 잔류에 실패한 상태였다.

　－제이크 햄튼? 진심이야?

　브라이언 캐시 단장도 냉큼 관심을 보였다.

　제이크 햄튼은 양키즈가 내심 바라던 브레이브스 유망주 중에서 첫 손에 꼽히는 선수였다.

　"그래, 물론 양키즈가 뭘 더 내놔야겠지만."

　브라이언 캐시 단장의 반응을 확인한 제인 코폴레라 단장이 씩 웃었다. 그리고는 슬그머니 판을 키웠다.

　－스탈린 카이스트로 말고도 원하는 선수가 있나 본데 어디 말해봐. 들어나 보자고.

　브라이언 캐시 단장도 긍정적인 반응을 보였다.

　스탈린 카이스트로에게 상당한 웃돈을 얹어 넘기느니 양키즈가 줄 수 있는 선수를 내보내는 편이 현명해 보였다.

　그러자 제인 코폴레라 단장이 기다렸다는 듯이 입을 열었다.

　"아담 앤더슨."

　－누구?

　"요새 잘 나가는 포수 있잖아."

　제인 코폴레라 단장이 찔러보듯 아담 앤더슨을 언급했다.

　솔직히 브레이브스 팜에 아담 앤더슨 수준의 유망주는 넘

치고 넘쳤지만 그렇다고 처음부터 속내를 드러낼 수는 없는
노릇이었다.

─아, 그 친구? 좋아, 데려가.

브라이언 캐시 단장이 대수롭지 않게 말했다.

제인 코폴레라 단장의 속내가 훤히 보이는데 괜히 아담 앤
더슨을 두고 아쉬운 소리를 할 필요는 없어 보였다.

설사 제인 코폴레라 단장이 정말로 아담 앤더슨을 원한다
해도 마찬가지였다.

정리해야만 하는 스탈린 카이스트로에 루키 아담 앤더슨
을 얹어주고 한국에서 수준급 활약을 펼친 테너 제이슨과 장
타력을 갖춘 기대주 제이크 햄튼을 데려올 수 있다면 나쁘지
않은 거래였다.

'이 능구렁이 같으니라고.'

제인 코폴레라 단장이 쓴웃음을 흘렸다.

어느 정도 예상은 했지만, 브라이언 캐시 단장이 냉큼 내
주니 정말로 데려오고 싶은 욕심이 생겼다.

하지만 당장 타일러 플로우를 대체할 만한 자원이 필요한
상황에서 팜의 수많은 루키 포수를 내버려 두고 양키즈의 루
키를 데려올 수는 없는 일이었다.

"아담 앤더슨은 농담이고 제리 산체스를 주게. 덤으로 루
이스 로베이노까지."

−뭐?

"그냥 달라는 거 아니니까 괜히 열 내지 말고. 적당히 데려가라고. 알잖아? 우리 팀 괜찮은 선수 많은 거."

제인 코폴레라 단장이 먼저 카드를 꺼냈다.

그렇다고 너무 도미니카 출신 선수들만 데려올 수는 없으니 추가로 유망주나 백업 선수 둘 정도 끼워 넣을 생각이었다.

−허…….

브라이언 캐시 단장의 입에서 헛웃음이 흘러나왔다.

협상은 이제 시작됐는데 상대에게 패를 모두 들켜 버렸으니 허탈해지는 것도 무리는 아니었다.

"자, 우리 알 만한 사람끼리 블러핑은 자제하자고."

−누구 아이디어지? 또 고든 브레이크인가?

"말조심해. 양키즈에 있을 때는 직원이었을지 몰라도 여기서는 부단장이라고."

−어쨌든 경고하는데 남의 구단 뒷조사하는 취미는 버리는 게 좋을 거야.

"자꾸 쓸데없이 입씨름할 거야?"

−후우…….

브라이언 캐시 단장이 길게 한숨을 내쉬었다.

하지만 제인 코폴레라 단장은 신경전에서 이겼다고 자만

하지 않았다.

고작 이 정도로 브라이언 캐시 단장이 흔들릴 리 없었기 때문이다.

아니나 다를까.

—로이 스튜어트, 브라이언 리, 마르쿠스 키엘, 멜런 스미스.

잠시 뜸을 들이던 브라이언 캐시 단장이 원하는 선수들을 줄줄이 늘어놓았다.

"허……."

이번에는 제인 코폴레라 단장이 헛웃음을 흘렸다.

공교롭게도 브라이언 캐시 단장이 원하는 선수들은 전부 손에 쥔 명단 속에 포함되어 있었다.

그중에서 브라이언 리와 멜런 스미스는 마지막에 고든 브레이크가 추가한 명단이었다.

다른 유망주들과는 달리 잭팟을 터뜨릴 가능성이 농후한 알짜배기 유망주였다.

이들을 떠보지 않고 곧장 언급했다는 건 양키즈 역시 브레이브스에 대한 분석이 끝났다는 의미였다.

"잠깐만 기다려."

통화를 잠시 돌린 뒤 제인 코폴레라 단장은 브라이언 캐시 단장이 원하는 선수들을 밝혔다.

"하나같이 아까운 선수들이지만 언제까지나 우리가 끌어안고 있을 수는 없습니다."

"당장은 아니더라도 3년 이내에 뭔가를 보여주지 않으면 룰 5로 풀릴 가능성이 큽니다. 그렇다면 양키즈에서 몇 명 더 데려오는 선에서 정리하는 게 나을 것 같습니다."

"뭔가 강탈당하는 기분이 들긴 하지만 제 생각도 같습니다. 구단 입장에서는 팔 수 있을 때 팔아야죠. 그래야 다른 유망주들도 숨통이 트일 겁니다."

앤더 존스를 시작으로 치퍼 존스와 존 프레드는 양키즈의 제안을 받아들이자고 말했다.

카일 로페스가 브라이언 리와 멜런 스미스는 절대 안 된다고 언성을 높였지만 고든 브레이크 부단장마저 찬성 쪽에 표를 던지면서 상황은 끝이 났다.

"좋아. 그럼 누구를 데려와야 할까?"

묵묵히 고개를 끄덕이던 제인 코폴레라 단장이 곧장 고든 브레이크 부단장을 바라봤다.

양키즈의 선수를 빼오는 일이라면 굳이 다른 보좌역들의 의견을 물어볼 필요가 없었다.

"5선발이 약하니 네이스 이볼디를 데려오죠."

"양키즈에서 주려고 할까?"

"테너 제이슨을 장식용으로 쓸 게 아니라면 선발 자리 하나는 비워야 합니다. 그렇다면 루이스 세자르보다는 네이스 이볼디를 정리하려 하겠죠."

"확실히 그렇군."

"에이그린 링컨을 먼저 이야기해 보는 것도 좋을 것 같습니다. 아예 에이그린 링컨을 데려와도 상관없고요."

"에이그린 링컨이라."

"그리고……."

제인 코폴레라 단장은 양키즈에서 데려올 만한 선수들을 즉석에서 선별했다.

덕분에 제인 코폴레라 단장은 어렵지 않게 트레이드의 무게를 맞출 수 있었다.

-흠…… 정말 다 뜯어가는군.

"누가 할 소리? 스탈린 카이스트로의 연봉 보조를 요구하지 않은 걸 다행으로 알라고."

-이러다 브레이브스와 월드 시리즈에서 맞붙는 거 아닌가 모르겠어.

"하하. 우린 가능하지만 양키즈는 가능할까?"

-그 말, 다음번에 만나면 고스란히 되돌려 주지.

"무슨 소리야. 우린 올해 만날 일이 없는데. 그래서 우릴 파트너로 고른 거 아니었어?"

-크흠, 어쨌든 지금껏 쏟아부은 열정이 물거품이 되지 않

게 마지막까지 신경 쓰라고.

"그건 내가 할 소리야. 우리 구단주야 구단 운영에 관한 전권을 내게 줬지만, 자네는 아직 허락받아야 할 처지잖아. 안 그래?"

–후우…….

"하하. 이 친구. 열 내지 말라니까 그래. 어쨌든 오래는 못 기다리니까 최대한 빨리 확답을 달라고. 알았지?"

마지막까지 브라이언 캐시 단장을 놀려대며 제인 코폴레라 단장이 기분 좋게 전화를 끊었다.

그리고 리버티 미디 구단주에게 형식적으로 트레이드가 논의됐음을 알렸다.

–그래요? 알았어요. 제인이 계속 수고해 줘요.

리버티 미디 구단주는 언제나처럼 대수롭지 않게 전화 통화를 끝냈다.

하지만 같은 내용을 전달받은 양키즈의 하인 스타인브리너 구단주의 반응은 달랐다.

–누굴 트레이드 한다고요?

"스탈린 카이스트로입니다."

–그래서 누굴 데려올 거죠? 제2의 에릭 지터라도 데려오는 건가요?

하인 스타인브리너 구단주는 팀의 주전 유격수가 포함된

갑작스러운 트레이드 소식을 달가워하지 않았다.

그리고 그 반대급부로 브레이브스의 유망주들을 데려온다는 사실에 황당해했다.

−이번에는 또 얼마를 얹어주고 보내는 거죠?

"연봉 보전은 없습니다."

−그래요? 그것 하나는 마음에 드네요.

하인 스타인브리너 구단주가 비꼬듯 말했다.

돈이라면 차고 넘치는 양키즈에서 선수 대신 돈을 아꼈으니 칭찬을 해주기도 에매한 상황이었다.

하지만 제아무리 구단주라고 해서 단장의 결정을 막무가내로 뒤집기란 쉽지 않았다.

−하나만 묻죠.

"말씀하십시오."

−트레이드의 목적이 뭔가요? 브레이브스의 불량품들을 모아 리빌딩이라도 할 생각인가요?

"……아닙니다."

−아니라고요? 그럼 성적이라도 낼 생각이에요?

"네, 그렇습니다."

−성적을 내겠다고요? 진심으로 하는 말이에요?

하인 스타인브리너 구단주가 언성을 높였다.

스탈린 카이스트로를 팔고 이름조차 모르는 선수들을 데

려와서 성적을 올리겠다는 브라이언 캐시 단장의 대답이 꼭 비아냥거림처럼 느껴진 것이다.

그러나 브라이언 캐시 단장은 진심이었다.

"한정훈을 시작으로 팀을 더 강하게 만들기 위한 트레이드입니다. 그러니 결과를 지켜봐 주십시오."

브라이언 캐시 단장이 결연한 목소리로 말했다.

그리고 그 뚝심이 하인 스타인브리너 구단주의 마음을 움직였다.

─좋아요. 뜻대로 하세요.

"감사합니다."

─단, 결과로써 책임지세요.

"알겠습니다."

─미리 말하지만 나는 할아버지나 아버지와는 다릅니다. 여자라고 우습게 알았다간 큰코다칠 겁니다.

"명심하겠습니다."

어렵사리 구단주의 허락을 얻어낸 브라이언 캐시 단장은 한참이나 숨을 몰아쉬어야 했다.

그리고 전화를 대신해 팩스로 브레이브스 구단에 트레이드 제안서를 보냈다.

이후의 일들은 차질 없이 진행됐다.

현금이 포함되지 않은 순수한 의미의 트레이드였기 때문

에 롭 프레드 커미셔너도 양키즈와 브레이브스의 트레이드
를 최종 승인했다.

[양키즈와 브레이브스, 6 대 7 트레이드 전격 합의!]
[양키즈 주전 유격수 스탈린 카이스트로! 브레이브스로!]
[브레이브스 프레드 곤잘레스 감독, 루이스 로베이노 마무리 투
수로 중용하겠다고 밝혀.]

롭 프레드 커미셔너의 승인이 떨어지자 언론들은 기다렸
다는 듯이 트레이드 사실을 발표했다.

ㄴ헐, 스탈린을 정말 트레이드 시키다니.
ㄴ수비 그따위로 할 때부터 알아봤다. 속이 다 시원하네.
ㄴ이런 미친 브라이언! 스탈린을 내보내면 공격은 누가 하
는데?
ㄴ제이크 햄튼은 왜 데려온 거야? 그 녀석은 말 그대로 구
멍이라고! 브라이언 마칸 대신 지명 타자로 쓰겠다는 거야
뭐야?

소문으로 나돌던 트레이드가 현실이 되면서 양키즈 팬들
은 실망감을 감추지 못했다.

양키즈의 스타플레이어였던 스탈린 카이스트로가 설마 이런 식으로 팀을 떠날 줄은 생각지도 못한 것이다.

게다가 스탈린 카이스트로의 반대급부로 데려온 선수가 고작 유망주라는 사실에 일부 양키즈 팬들의 반응은 분노로 치솟았다.

'양키즈-브레이브스 간 트레이드 누가 더 이익인가?'라는 콕스 TV 설문 조사에서 응답자의 65%가 브레이브스를 꼽았다.

서로 윈윈이라는 의견이 14%.

서로 득이 되지 않는다는 의견이 12%로 뒤를 이었다.

양키즈가 이익이라는 의견은 고작 3%로 시즌을 지켜봐야 한다는 유보 답변보다 적었다.(6%)

양키즈 홈페이지에서 진행된 설문 조사 결과는 더욱 살벌했다.

응답자의 92%가 잘못된 트레이드라고 대답한 것이다.

구단이 트레이드에 대한 책임을 져야 하느냐는 질문에 86%가 그렇다고 답했다.

트레이드가 실패로 돌아갈 경우 야구장 방문을 포기하겠냐는 질문에도 무려 77%가 동조하는 모습을 보였다.

"하아, 내가 이래서 양키즈를 싫어한다니까."

연일 쏟아지는 부정적인 기사에 테너 제이슨이 고개를 흔들어 댔다.

트레이드가 될지도 모른다는 이야기를 들었을 때만 해도 메이저리그에 올라갈 새로운 기회가 왔다고 좋아했는데 지금은 왠지 야구의 신에게 버림을 받은 기분이었다.

그러자 함께 팀을 옮긴 로이 스튜어트가 놀리듯 말했다.

"한정훈 때문에 싫은 건 아니고?"

"아니? 아닌데?"

"아니긴 뭐가 아니야. 너 한국에 있을 때는 한정훈 다음이었다며? 그런데 한정훈은 거액을 받고 양키즈에 왔고 너는 브레이브스에서 밀려 트레이드된 거니까 기분 나쁜 게 당연한 거잖아, 안 그래?"

"아니라니까!"

테너 제이슨이 언성을 높였다.

한정훈에게 열등감이 있는 건 사실이지만 그렇다고 해서 한정훈의 성공을 시기할 만큼 바닥은 아니었다.

하지만 로이 스튜어트를 비롯한 브레이브스 선수들은 테너 제이슨을 가만 내버려 두지 않았다.

브레이브스에 있을 때 들었던 테너 제이슨과 한정훈의 친분을 확인할 기회가 왔다며 한정훈을 불러보라고 재촉했다.

그러나 역대 최고의 몸값을 받으며 양키즈의 에이스로 온 한정훈을 오라 가라 할 수는 없는 노릇이었다.

"그만들 좀 해!"

참다못한 테너 제이슨이 빽 하고 소리를 내질렀다.

브레이브스에서 보란 듯이 선발 투수로 활약하겠다는 꿈은 이뤄보지도 못하고 트레이드가 됐는데 팔자 좋게 한정훈과 추억 팔이나 하라니. 그건 자존심이 허락지 않았다.

그때였다.

"테너 제이슨 씨, 손님이 찾아오셨는데요."

갑작스럽게 프런트에서 전화가 걸려왔다.

"손님이요?"

누군가 찾아왔다는 말에 테너 제이슨은 가장 먼저 아버지 랜디 제이슨을 떠올렸다.

현재 랜디 제이슨은 뉴욕에서 사진전을 열고 있었다. 게다가 은퇴 전 양키즈에서 2년간 뛰었던 경력도 있었다. 뉴스를 봤다면 격려차 얼굴을 내보일 가능성이 크다고 여겼다.

하지만 정작 호텔 로비에서 기다리고 있던 건 한정훈과 하리모토 쇼타였다.

"정훈!"

한정훈을 발견한 테너 제이슨이 자신도 모르게 소리쳤다.

머릿속으로 랜디 제이슨을 떠올리면서도 마음 한편으로는 한정훈이 와줬으면 하는 바람이 없지 않았는데 그게 현실이 되어버렸으니 감정을 주체하기가 어려웠다.

그러나 한정훈은 테너 제이슨의 부름에 한 번에 반응하지 못했다. 사방에서 밀려드는 사인 요청 세례에 정신이 없었기 때문이다.

"멍청이! 그러니까 마스크를 쓰자고 했잖아!"

한정훈의 높은 인기에 발이 묶이자 하리모토 쇼타가 불만을 터뜨렸다.

하지만 그것도 잠시.

"하리모토!"

"같이 사진 찍어요!"

몇몇 여성 팬이 달려들자 언제 그랬냐는 것처럼 환한 미소를 머금었다.

"쳇."

한정훈과 하리모토 쇼타에게 몰렸던 인파가 잠잠해질 때까지 테너 제이슨은 한참 동안 구석에 서 있었다.

다른 선수였다면 냉큼 한정훈에게 다가가 유명세를 함께 누렸겠지만 랜디 제이슨의 자존심과 고집을 물려받은 테너 제이슨에게는 불가능한 일이었다.

"테너, 오랜만이야."

한참 만에 자유를 되찾은 한정훈이 테너 제이슨을 발견하고는 웃으며 다가왔다.

"그래, 정훈. 오랜만이네."

굳어 있던 테너 제이슨의 얼굴에도 웃음이 번졌다.

한정훈의 인간 같지 않은 실력은 아마 평생 마음에 들지 않겠지만, 자신의 주변을 챙길 줄 아는 인간성만큼은 도저히 미워할 수가 없었다.

그때였다.

"너야? 랜디 제이슨의 아들이?"

하리모토 쇼타가 못마땅한 목소리로 물었다.

바로 조금 전까지 일본 여성 관광객들 사이에서 환하게 웃으며 사진을 찍던 게 맞나 싶을 정도였다.

"하리모토 쇼타."

테너 제이슨의 얼굴에도 경계심이 어렸다.

4년간 1억을 받으며 핀 스트라이프를 입은, 어쩌면 자신이 가장 먼저 넘어야 할 산이 바로 눈앞에 있었다.

"뭐야, 이 자식. 사람을 똑바로 노려보고. 건방지잖아."

테너 제이슨의 눈빛이 마음에 들지 않았던지 하리모토 쇼타가 일본어로 중얼거렸다. 그러자 테너 제이슨도 4년간 한국 생활로 갈고 닦은 한국어를 끄집어냈다.

"저 자식, 내 욕, 그렇지?"

중간에 낀 한정훈은 그저 웃기만 했다.

서로에게 좋은 자극이 됐으면 하는 마음에서 하리모토 쇼타를 데려왔는데 이렇게나 빨리 불꽃을 튀길 줄은 미처 예상하지 못한 것이다.

"일단 자리를 좀 옮기자. 네 녀석 인기 때문에 힘드니까."

테너 제이슨이 퉁명스럽게 중얼거렸다.

한마디 말도 없이 하리모토 쇼타와 함께 나타난 건 둘째 치고 호텔 로비는 한정훈을 알아본 팬들로 또다시 웅성거리고 있었다.

하지만 정작 한정훈은 테너 제이슨의 말을 알아듣지 못했다.

2년간 영어를 코피 나게 익혔다던 하리모토 쇼타도 배려심이라고는 눈곱만큼도 없는 본토 발음에 미간만 찌푸렸다.

"하아, 컴 온! 날 따라오라고."

한정훈과 하리모토 쇼타가 제자리에서 꼼짝도 하지 않자 테너 제이슨이 고개를 절레절레 흔들며 한정훈의 팔을 잡아끌었다.

그제야 한정훈이 멋쩍게 웃으며 테너 제이슨을 따라 엘리베이터에 올랐다.

"저 녀석, 보면 볼수록 마음에 안 들어."

아슬아슬하게 엘리베이터에 탑승한 하리모토 쇼타가 또다시 일본어로 구시렁거렸다. 그러자 테너 제이슨이 더는 못 참겠다며 언성을 높였다.

"헤이! 쇼타! 할 말 있으면 영어로 하라고, 영어로! 알아들어? 여긴 뉴욕이라고! 뉴욕!"

한정훈에게 가려지긴 했지만 하리모토 쇼타의 계약 규모도 상당한 편이었다.

연평균 2,500만 달러.

선배인 다나카 마스히로가 2014년에 핀 스트라이프를 입으며 기록한 연평균 2,200여만 달러보다 무려 300만 달러나 많았다.

그렇다면 당연히 메이저리그 적응을 위해 언어 능력을 향상시키는 게 옳았다.

편의점에서 칫솔 하나 살 때도 통역을 대동할 생각이 아니라면 말이다.

하지만 하리모토 쇼타는 이번에도 테너 제이슨의 말을 반만 알아들었다.

"저 녀석 분명 영어로 나한테 욕했어. 그렇지?"

하리모토 쇼타가 한정훈을 제 쪽으로 살짝 잡아당겼다. 만약 한정훈이 그렇다고 동의라도 한다면 테너 제이슨을 두고두고 미워할 눈빛이었다.

"왜 나한테 물어봐? 영어는 네가 더 잘하잖아."

한정훈이 슬쩍 발을 뺐다. 영어 실력도 젬병이었지만 하리모토 쇼타와 테너 제이슨의 신경전에 끼고 싶은 마음은 눈곱

만큼도 없었다.

"넌 영어 안 배우냐?"

하리모토 쇼타가 답답하다는 투로 말했다. 한정훈도 영어 회화 능력을 향상시켜야 할 텐데 무슨 자신감인지 공부하는 걸 본 적이 없었다.

그러자 한정훈이 당당하게 말했다.

"들리는 건 조금씩 들려. 그리고 계약 기간 많이 남았는데 뭘 벌써 서두르고 그래?"

빈말이 아니라 조지 지라디 감독을 비롯한 코칭스태프들이 한정훈의 영어 적응을 위해 쉽고 간단한 영어 표현을 반복적으로 사용해 준 덕분에 야구와 관련된 대화들은 한정훈도 얼추 알아들을 수 있었다.

물론 그 정도로 일상 대화까지는 무리였지만 영어를 배울때 첫 번째로 극복해야 한다는 영어 울렁증은 사라진 지 오래였다.

'이 정도면 훌륭하지 뭘 그래?'

한정훈은 스스로의 적응력에 내심 만족하고 있었다. 야구공을 손에 쥔 이후로 공부와는 담을 쌓아왔던 그에게는 이정도 성장도 장족의 발전이나 다름없었다.

그러나 하리모토 쇼타의 눈에는 한정훈이 잘 나가기 때문에 거드름을 피우는 것처럼 보였다.

'구단에서 저 녀석을 지나치게 챙긴다니까.'

하리모토 쇼타가 애써 시선을 거뒀다. 한정훈이 실력으로 대우를 받는 거야 불만이 없지만 그렇다고 해서 영어를 익힐 환경조차 박탈하는 건 이해가 가지 않았다.

지난주부터 양키즈 구단에서는 한국 출신 통역사를 한 명 더 고용했다.

본래 한국어가 가능한 일본인 통역사가 한정훈을 비롯한 다나카 마스히로와 하리모토 쇼타를 관리했지만, 한정훈이 불편해한다고 생각한 구단에서 별도의 통역사를 데려온 것이다.

"그냥 장난친 거였는데."

전담 통역관이 들어왔지만, 한정훈은 마음이 편치 않았다.

가끔 장난삼아 일본인 통역관의 말을 못 알아들은 척 행동한 게 이런 결과로 이어질 줄은 예상하지 못한 것이다.

하지만 양키즈 구단은 한정훈이 의사소통과 관련해 그 어떤 불편함도 느껴서는 안 된다고 여겼다.

"평소 한정훈 선수가 하는 혼잣말까지 전부 체크해서 알려 줘요. 하나도 빼먹지 말고. 알았죠?"

새 통역사는 더그아웃에서도 대놓고 한국어만 사용했다.

그러다 한정훈과 하리모토 쇼타가 일본어로 대화를 나누면 기다렸다는 듯이 기존의 통역사가 근처에 껌처럼 달라붙어서 귀를 쫑긋 세웠다.

덕분에 한정훈이 영어를 구사할 수 있는 기회는 더더욱 줄어들었다.

코칭스태프도 한정훈에게 영어보다 한국어를 사용해 줄 것을 요구했다. 한정훈이 느끼는 세밀한 것들까지 놓치지 않고 캐치하기 위해서였다.

"그동안 나도 제법 괜찮은 대접을 받았다고 생각했는데……왠지 씁쓸한데?"

한정훈에 대한 구단의 과잉 배려에 에이스로 활약했던 다나카 마스히로조차 서운함을 드러냈다.

하리모토 쇼타도 마찬가지. 자신이 받는 것과는 급이 다른 대우에 가끔씩 스스로가 한심스러워질 지경이었다.

한정훈이 수많은 코칭스태프에게 둘러싸일 때면 양키즈의 다른 선수들도 부러운 눈으로 바라보는 경우가 많았다.

하지만 그들 중 누구도 한정훈이 받는 대우가 불공정하다고는 생각지 않았다. 오히려 한정훈의 실력상 충분히 받을만한 대우라고 인정했다.

어슬레틱스와의 홈 3연전 마지막 경기에서 다시 한 번 완봉승을 올리며 한정훈은 4승으로 아메리칸리그 다승 단독 선두에 올랐다.

평균 자책점과 탈삼진은 압도적인 1위였다. 개막전 이후로 단 한 번도 1위 자리를 내준 적이 없었다.

그 외 세부 지표에서도 한정훈의 진가는 여실히 나타났다.

언론들 역시 한정훈의 아메리칸리그 4월 MVP 수상은 떼어 놓은 당상이며 사이영상 경쟁에서도 적수가 없어 보인다며 한정훈의 활약을 높이 평가했다.

덕분에 양키즈도 9승 9패로 아메리칸리그 동부 지구 3위 자리를 지켰다.

선두 레드삭스가 초반에 질주하며 5경기 차이가 나고 있긴 하지만 와일드카드 경쟁 팀들과의 승차는 거의 없다시피 했다.

2위 블루제이스와도 1경기 차이밖에 나지 않았다.

전문가들은 양키즈가 시즌 초반부터 포스트시즌 티켓 쟁탈전에 참여할 수 있는 가장 큰 이유로 한정훈의 합류를 꼽았다.

메이저리그에 갓 데뷔한 한정훈이 적응기조차 없이 에이스로서 제 역할을 다해준 덕분에 양키즈가 반등할 수 있었다는 것이다.

실제 양키즈 언론을 제외한 언론들은 한정훈의 4월 성적이 평범할 것이라 전망했다.

한정훈이 등판을 거르지 않고 5경기에 선발 출전한다고 가정했을 때 최대 기대 승수는 3승, 최저 기대 승수는 2승.

양키즈의 형편없는 타선까지 고려한 수치였다.

한정훈 개인에 대한 전망도 기대만큼 높진 않았다.

메이저리그에 막 들어온 대부분의 루키가 그러하듯 메이저리그에 적응하느라 제 실력을 발휘하지 못할 것이라고 여겼다.

하지만 한정훈은 레인저스 원정 경기를 남겨둔 상황에서 벌써 4승을 올렸다.

그것도 네 경기에서 타자들이 고작 7점밖에 뽑아주지 못했는데 말이다.

9이닝당 득점 지원도 2.03점에 불과했다.

18이닝 이상을 던진 투수 중 한정훈보다 불운한 투수는 메이저리그를 통틀어 단 3명밖에 없었다.

그런데도 한정훈은 당당하게 4승을 챙겼다.

그것도 매 경기 MVP급 활약을 펼치며 팀을 승리로 이끌었다. 덕분에 다른 선수들도 부담이 줄어들었다.

타자들은 다른 경기보다 한정훈의 선발 경기를 반겼다.

한정훈이 경기당 아웃 카운트의 절반을 삼진으로 처리해 준 덕분에 수비에 대한 부담이 확 줄어들었다.

그뿐만 아니라 어지간해서는 점수를 내주지 않다 보니 다 득점을 해야 한다는 부담감에서 자유로울 수 있었다.

하위 선발의 부진으로 연투를 거듭하던 불펜진도 한정훈

의 선발 등판을 손꼽아 기다렸다.

한정훈이 마운드에 오르면 그 날은 반강제적인 휴식일이 되어버리기 때문이었다.

4경기 중 3경기를 완투할 정도로 한정훈의 이닝 소화 능력은 어마어마했다. 그렇다 보니 불펜들에게 나눠 줄 이닝이 없었다.

한정훈이 부진했다면 에이스의 짐을 나누어져야 했을 다나카 마스히로는 오히려 한정훈의 우산 효과를 톡톡히 보며 레이스와의 홈 첫 경기에서 시즌 2승째를 올렸다.

빠르고 위력적인 패스트볼을 앞세워 공격적으로 피칭을 하는 한정훈과 반대로 변화구와 제구 위주의 투구로 투구 스타일을 바꾼 게 제대로 먹혀든 것이다.

한정훈과 다나카 마스히로의 안정적인 피칭에 영향을 받은 하리모토 쇼타도 시범 경기에서의 부진을 떨쳐 내고 벌써 2승을 챙기고 있었다.

이틀 전 등판한 레이스와의 시즌 2차전에서는 트레이드의 여파 때문인지 타선이 터져 주지 않으며 패전의 멍에를 쓰고 말았지만, 경기 내용은 나쁘지 않았다. 7이닝 3실점으로 선발 투수로서 제 몫을 다해냈다.

물론 다나카 마스히로와 하리모토 쇼타의 호투가 무조건

한정훈 덕분이라고 단정 짓긴 어려웠다.

실제 양키즈의 하위 선발들은 아직 단 1승조차 합작해 내지 못하고 있었다.

그러나 한정훈이라는 신형 엔진 덕분에 좌초하던 양키즈호가 다시 수면 위로 떠올랐다는 점만큼은 그 누구도 감히 부정할 수 없었다.

"그래도 조금 더 노력하라고. 어디까지나 우린 이방인이니까."

하리모토 쇼타가 혼잣말처럼 중얼거렸다.

그 구시렁거림이 지척에 있던 한정훈의 귓가를 파고들었다.

"엄마도 아니고 잔소리는."

한정훈이 살짝 미간을 찌푸렸다.

자신을 위하는 하리모토 쇼타의 속마음을 모르는 바는 아니지만 이런 상황에서 들어 봐야 귀에 들어올 리가 없었다.

"하아, 젠장할. 대체 내가 뉴욕까지 와서 왜 언어로 고통받아야 하는 거냐고."

그 모습을 지켜보던 테너 제이슨도 답답한 듯 한숨을 내쉬었다.

한정훈과 하리모토 쇼타가 한국어를 주고받는다면 그나마 듣는 시늉이라도 해보겠지만, 일본어는 도저히 알아들을 수가 없었다.

그러는 사이 세 사람을 태운 엘리베이터가 31층에 도착
했다.

79장
트레이드(2)

"오! 젠장할!"

"맙소사! 정말 한정훈이잖아!"

"누구? 누구라고?"

"정말 한정훈이야? 진짜야?"

"쇼타! 한정훈하고 친하다는 게 정말이었어?"

갑작스러운 한정훈의 방문에 호텔 방 안이 소란스럽게 변했다.

브레이브스의 이적생들은 하나같이 입을 다물지 못했다.

짓궂게 굴긴 했지만 그렇다고 테너 제이슨이 정말로 한정훈을 데려올 줄은 생각지도 못한 것이다.

하지만 테너 제이슨은 이 꼴을 보려고 한정훈을 방으로 데려온 게 아니었다.

"다들 조용히 해! 한정훈은 내 손님이라고! 무례하게 굴지 마!"

테너 제이슨이 앞장서서 동료들을 쫓아냈다. 그리고 가장 안쪽 방으로 한정훈과 하리모토 쇼타를 데려갔다.

"뭐야? 저 녀석. 왜 날 방으로 끌어들이는 건데?"

하리모토 쇼타가 보란 듯이 불만을 터뜨렸다.

호텔 밖에도 대화를 나눌 곳은 많은데 굳이 좁은 방 안으로 끌어들이려는 테너 제이슨이 그저 의심스럽기만 했다.

그러나 한정훈은 군말 없이 테너 제이슨의 방 안으로 발을 들였다. 더 이상 테너 제이슨을 곤란하게 만들고 싶지 않았기 때문이다.

지난해 말, 한정훈이 메이저리그 진출을 선언함과 동시에 테너 제이슨도 메이저리그에 복귀하겠다는 결정을 내렸다.

스톰즈 구단에서는 그동안 수준급 활약을 펼쳐 준 테너 제이슨에게 장기 계약을 제시했지만, 테너 제이슨은 더 늦기 전에 메이저리그로 돌아가고 싶다는 뜻을 분명하게 했다.

국내 전문가들은 테너 제이슨이라면 메이저리그에 가서도 통할 것이라고 여겼다.

한국에서 네 시즌을 활약하며 62승 37패, 평균 자책점 2.75의 수준급 활약을 펼친 만큼 메이저리그 구단들도 상당한 관심을 가질 것이라고 내다봤다.

하지만 정작 메이저리그 구단들은 테너 제이슨에 별다른 관심을 갖지 않았다.

미국 언론에서 테너 제이슨을 FA 랭킹 70위권으로 평가했지만 마찬가지였다.

가장 큰 이유는 역대 메이저리그 최대어로 꼽히는 한정훈 때문이었다.

한정훈의 계약이 생각보다 늦어지면서 다른 FA 선수들의 계약도 늦어졌고 그 여파가 테너 제이슨에게까지 미치고 말았다.

게다가 테너 제이슨이 메이저리그 기회를 박차고 한국으로 떠난 이유도 뒤늦게 논란이 되면서 테너 제이슨의 가치를 떨어뜨렸다.

이기적이며 독선적인 성격으로 팀 케미스트리를 해쳤다는 전력이 메이저리그 진출에 암초로 작용한 것이다.

거기에 테너 제이슨도 메이저리그 진출 팀을 깐깐하게 골랐다.

최우선적으로 선발 경쟁이 가능한 팀을 원하면서 선택지가 거의 남아나질 않았다.

그나마 하위 선발이 필요한 스몰 마켓 구단 두 곳이 테너 제이슨과 접촉을 시도했지만, 테너 제이슨이 원하는 몸값을 감당하지 못하고 나가떨어졌다.

그중 한 구단은 검증되지 않은 선수에게 그 돈을 주느니 유망주들에게 기회를 주겠다며 독설을 퍼붓기도 했다.

"일단 브레이브스로 오게. 시범 경기를 통해 실력을 증명해 봐. 그럼 기회를 줄 테니까."

결국, 테너 제이슨은 스플릿 계약을 제안한 브레이브스를 선택했다.

마지막까지 테너 제이슨에게 관심을 둔 구단이 브레이브스 하나뿐이다 보니 어쩔 수 없는 결정이었다.

그렇게 계약이 더디게 진행되면서 테너 제이슨은 제대로 몸을 만들지도 못했다. 당연히 시범 경기 성적이 나올 리 없었다.

"일단 몸을 만들고 있어. 6월쯤에 다시 기회가 있을 테니까."

마이너리그로 강등된 테너 제이슨에게 구단 측은 재차 기회를 줄 것임을 분명히 했다.

테너 제이슨도 그 말을 믿고 몸만들기에 나섰다. 덕분에 지난 경기에서는 패스트볼 구속이 95mile/h(≒152.8km/h)까지 올라왔다.

한국에서 100마일 가까운 공을 던지던 것과 비교하면 조금 더 컨디션을 끌어올려야 했지만, 이 정도면 구단에서도 자신의 가치를 다시 평가해 줄 것이라 믿었다.

그런데 정작 명예 회복을 할 기회도 없이 양키즈로 트레이드가 되고 말았다.

한정훈과 다나카 마스히로, 하리모토 쇼타가 버티고 있는 양키즈에 말이다.

그 자체만으로도 암담한데 양키즈 팬들에게 환영조차 받지 못하고 있었다.

오죽했으면 양키즈 구단 측에서 입단식을 간소화하겠다는 통보가 날아올 정도였다.

한정훈은 그런 테너 제이슨의 처지가 안타까웠다.

괜히 자신이 스톰즈의 3연패를 위해 함께하자고 설득한 게 이런 결과로 이어진 것 같아 마음 한구석이 심하게 찔렸다.

하지만 테너 제이슨은 한정훈을 눈곱만큼도 탓하지 않았다.

"날 동정하지 마. 그리고 자책하지도 마."

테너 제이슨이 한국에서처럼 번역 어플에다 대고 주절거렸다. 그러자 번역 어플이 영어를 한국어로 번역했다. 테너 제이슨은 그걸 다시 한정훈의 얼굴 앞으로 내밀었다.

'짜식.'

한정훈은 피식 웃었다. 그리고는 자신의 핸드폰을 꺼내 한국어로 중얼거렸다.

"누가 널 동정해? 헛소리 말고 몸 상태는 어때? 팀에서 너에게 기회를 주려고 하고 있어."

한정훈의 말이 번역 어플을 통해 다시 영어로 바뀌었다. 그걸 무심하게 내려다보던 테너 제이슨이 놀란 듯 눈을 똥그랗게 떴다.

"나한테 기회를 준다고?"

테너 제이슨이 믿을 수 없다는 얼굴로 한정훈을 바라봤다.

5선발이 트레이드됐다고는 하지만 설마하니 그 빈자리를 자신이 채울 것이라고는 생각지도 못했던 것이다.

놀란 건 하리모토 쇼타도 마찬가지였다.

"기회를 줘? 왜? 구단이 무슨 생각인 거야?"

팔꿈치 부상 전까지는 양키즈의 하위 선발에서 제 몫을 다했던 네이스 이볼디를 잔인하게 트레이드시켜 버렸던 양키즈 구단이 브레이브스의 마이너리그에서 뛰던 테너 제이슨에게 기회를 주려 한다는 사실이 이해가 되질 않았다.

한정훈도 처음 이 소식을 들었을 때 양키즈 구단에서 다른 이유로 기회를 주는 것이라고 여겼다. 하지만 양키즈 구단의 입장은 명확했다.

"테너 제이슨뿐만 아니야. 일단 한 명씩 기회를 줄 거야. 그 기회를 가장 먼저 살리는 녀석이 살아남는 거지."

실제로 양키즈 구단은 오늘 경기 선발로 에이그린 링컨을 예고했다.

에이그린 링컨이 시범 경기에서 준수한 성적을 내고도 루이스 세자르와 네이스 이볼디에 밀려 선발 로테이션에서 탈락한 만큼 최우선적으로 기회를 주겠다는 소리였다.

만약 오늘 경기에서 에이그린 링컨이 호투를 한다면 테너 제이슨에게까지 기회가 오지 않을지도 몰랐다.

그러나 한정훈은 에이그린 링컨이 5선발 자리를 따낼 가능성을 그리 크게 보지 않았다.

오늘 상대가 하필이면 아메리칸리그 서부 지구 1위를 달리고 있는 레인저스였기 때문이다.

레인저스의 타선은 아메리칸리그는 물론 메이저리그 전체에서도 첫 손에 꼽힐 정도로 강했다.

시즌 초반이긴 했지만, 아메리칸리그 팀 타율 3위, 팀 홈런 2위에 올라 있었다.

게다가 레인저스의 선발로 에이스 다르비스 유가 예정되어 있었다.

양키즈의 형편없는 타선과 싸우는 경험 많은 에이스 다르비스 유.

레인저스의 활화산 같은 타자들과 상대해야 하는 루키 에이그린 링컨.

기적이 일어나지 않는 한 뻔한 승부라는 게 전문가들의 중론이었다.

만약 예상대로 에이그린 링컨이 다르비스 유라는 산을 넘지 못한다면 아마 다음번에는 테너 제이슨에게 기회가 갈 가능성이 컸다.

브레이브스에서 영입한 투수들 가운데 유일하게 선발로만 뛰었기 때문이다.

"들떠 있을 시간 없어. 그리고 기회는 한 번으로 끝날지 몰라. 그러니까 정신 바짝 차려."

한정훈이 번역 어플을 통해 테너 제이슨을 독려했다. 그러면서 레드삭스와의 원정 2차전이 유력하다고 덧붙였다.

"원정 2차전이면 루이스 세자르 차례잖아?"

하리모토 쇼타가 고개를 갸웃거렸다.

자신이 레드삭스와의 원정 1차전에 등하는 만큼 2차전은 4선발인 루이스 세자르의 몫이었다.

한정훈의 말처럼 테너 제이슨이 등판한다면 선발 순서가 꼬일 수밖에 없었다.

그러자 한정훈이 하리모토 쇼타만 들을 수 있도록 일본어를 내뱉었다.

"루이스 어깨에 염증 생겼어. 아마 조만간 부상자 명단에 오를 거야."

"뭐? 그게 정말이야?"

"그래, 그러니까 그때까지는 입 다물고 있어."

시범 경기에서 루이스 세자르가 두각을 드러낼 때까지만 하더라도 양키즈 구단의 기대는 컸다.

루이스 세자르가 시범 경기만큼만 던져 준다면 수술 전 선발로 8승까지 올렸던 네이스 이볼디와 함께 든든한 하위 선발진을 구축해 줄 것이라고 판단한 것이다.

양키즈 언론도 하리모토 쇼타의 부진이 계속될 경우 루이스 세자르가 3선발로 올라설 수 있다며 기대를 부풀렸다.

하지만 정작 루이스 세자르는 부진했다. 피칭도 널을 뛰었지만, 무엇보다 시범 경기 때의 구위를 전혀 보여주지 못하고 있었다.

때마침 구단에서 브레이브스와 대규모 트레이드를 감행하자 루이스 세자르는 뒤늦게 어깨가 아프다는 사실을 털어놓았다.

검진 결과 염증 소견이 나왔다. 심각한 건 아니지만, 구단에서는 루이스 세자르를 15일짜리 부상자 명단에 올리기로 결정했다.

그 과정에서 테너 제이슨의 선발 등판도 하루 앞당겨졌다.

"레드삭스. 레드삭스라."

자신의 메이저리그 복귀전이 레드삭스로 결정됐다는 사실

에 테너 제이슨이 눈을 반짝였다.

숙명의 라이벌인 레드삭스를 상대로 선전한다면 자신을 잉여 자원 취급하는 양키즈 팬들에게도 어느 정도는 인정을 받을 수 있을 터였다.

"이건 레드삭스 타자들 데이터. 조만간 구단 측에서 보내 주겠지만, 미리 공부하는 게 도움이 될 테니까."

한정훈이 품속에서 USB 하나를 꺼내 내밀었다.

그가 피곤하다는 하리모토 쇼타를 끌고 테너 제이슨을 찾아온 이유도 바로 이 USB를 전해 주기 위해서였다.

"고맙다, 한정훈."

테너 제이슨이 USB를 힘껏 움켜쥐었다. 자연스럽게 그의 얼굴에는 해볼 만하다는 자신감이 피어올랐다.

"그런데 저 녀석을 왜 저렇게 챙겨주는 거야?"

호텔을 나서며 하리모토 쇼타가 퉁명스럽게 물었다.

한국에서 같은 팀 소속이었다는 건 알고 있지만, 고작 USB를 건네주는 일에 직접 나설 필요는 없어 보였다.

"친구니까."

한정훈이 대수롭지 않게 대답했다.

자신과 제리 산체스의 마찰로 인해 벌어진 대규모 트레이드에 대한 일말의 책임감과 테너 제이슨이 잘 되길 바라는 마음이 겹쳐지면서 내린 결정이었지만 그걸 일일이 설명하고 싶진 않았다.

"쳇, 그놈의 친구 타령은."

하리모토 쇼타가 불만스럽게 입술을 삐죽거렸다. 그러다 뭔가를 떠올리고는 한정훈 옆으로 바짝 붙어 걸었다.

"정훈, 오늘은 우리 집에 가서 밥 먹자."

"너희 집에서? 왜? 본가에서 소포라도 온 거야?"

"귀신이네."

"그래? 그럼 가야지."

한정훈은 마다치 않고 하리모토 쇼타의 집으로 향했다.

하리모토 쇼타의 어머니도 음식 솜씨가 상당했다. 특히나 일본 특유의 정갈한 음식들은 한정훈의 입에 딱 맞았다.

어찌나 맛있던지 그 음식을 먹고 있다 보면 과거 처량했던 일본 유학 시절이 즐겁게 추억될 정도였다.

"지난번처럼 이상하게 조리하기만 해봐."

"오늘은 내가 주방에 안 들어갈 거니까 걱정하지 마."

"오호, 가정부 새로 구한 거야?"

"아니, 임시 가정부."

하리모토 쇼타가 피식 웃으며 벨을 눌렀다. 하지만 문을 열고 반겨준 여자는 한정훈이 생각한 임시 가정부와는 전혀 다른 이미지였다.

"뭐, 뭐야. 모모코잖아!"

잠시 멍한 얼굴로 여자를 바라보던 한정훈이 당황한 듯 소리쳤다.

하리모토 쇼타의 입단식 이후 몇 개월 지나지 않았는데 모모코의 이미지는 너무나도 성숙해져 있었다.

"왜요? 내가 있어서 실망했어요?"

모모코가 국자를 손에 쥔 채로 물었다.

"아, 아니. 그게 아니라 이 녀석이 임시……."

한정훈은 상황을 모면하기 위해 냉큼 하리모토 쇼타를 끌어들였다. 아니, 끌어들이려 했다. 하지만 그보다 하리모토 쇼타의 대응이 더 빨랐다.

"모모코! 탄 냄새 나는데?"

"으앗! 잠깐만! 잠깐만요!"

모모코를 단숨에 주방으로 돌려보낸 뒤 하리모토 쇼타가 의기양양한 얼굴로 한정훈을 바라봤다.

마치 난공불락의 보스 몬스터를 홀로 해치우기라도 한 것처럼 말이다.

하지만 정작 한정훈은 다른 곳에 정신이 팔려 있었다.

'모모코는…… 더 예뻐졌네.'

한정훈의 머릿속으로 5년 전 처음 만났던 앳된 소녀의 이미지가 스쳐 지났다.

그때는 정말 작고 여려 보였는데 고작 5년 만에 이렇게 달라질 줄은 감히 상상도 못 했다.

"왜? 이제는 좀 눈에 들어오냐?"

하리모토 쇼타가 피식 웃었다.

예전 같았으면 한정훈이 모모코를 입에 올리는 것조차 열이 받았겠지만, 요즘은 달랐다.

모모코가 일편단심으로 한정훈만 바라보는 상황이라 하리모토 쇼타도 내심 두 사람이 잘되길 바라고 있었다.

그러나 괜히 뜨끔해진 한정훈은 요란스럽게 오리발을 내밀었다.

"누, 눈에 들어오긴. 나 모모코 안 봤거든?"

한정훈이 괜히 시선을 돌렸다.

그러면서도 곁눈질로 요리에 열중하는 모모코의 뒷모습을 힐끔거렸지만, 자신의 속내를 다른 사람도 아닌 하리모토 쇼타에게 들키고 싶진 않았다.

그러나 하리모토 쇼타도 그냥 넘어갈 생각은 없었다.

"뭐야? 설마 모모 엉덩이 봤던 거야? 난 저기 있는 트로피 이야기하고 있었는데?"

하리모토 쇼타가 주방 옆에 놓인 트로피를 들먹이며 한정훈을 궁지로 몰아넣었다.

덕분에 한정훈은 음식을 먹기도 전에 진땀을 쏟아내야

했다.

"그런데 방학도 아닌데 이렇게 와도 되는 거야?"

한정훈이 괜히 화제를 돌렸다.

2002년생으로 스무 살이긴 했지만, 모모코는 아직 고등학교 3학년이었다. 어렸을 때 몸이 약해서 1년 유급을 한 결과였다.

덕분에 고3인 정아와 친구처럼 지내고 있지만, 실제 나이로만 놓고 보자면 하리모토 쇼타 남매가 한정훈 남매보다 한 살씩 많았다.

"나도 몰라. 자기가 알아서 하겠지."

하리모토 쇼타가 관심 없다는 투로 말했다. 하지만 그 속에는 똘똘한 여동생 모모코에 대한 깊은 신뢰가 담겨 있었다.

"그런데 모모코는 진로를 정한 거야?"

한정훈이 다시 물었다.

정아는 일찌감치 패션 쪽으로 진로를 결정했지만, 함께 공부하기로 한 모모코에 대해서는 별다른 이야기가 들리지 않았다.

그러자 하리모토 쇼타가 짜증스럽게 말했다.

"그렇게 궁금하면 직접 물어보든가."

그때였다.

"무슨 이야기를 그렇게 재미있게 해요?"

식사 준비가 끝난 듯 모모코가 앞치마를 벗으며 밖으로 나왔다.

"모모, 이 녀석이……."

하리모토 쇼타가 기다렸다는 듯이 고자질을 하려 들었다. 그러나 한정훈도 당하고만 있지 않았다.

"아, 배고프다. 지금 바로 먹어도 괜찮은 거지?"

한정훈이 냉큼 하리모토 쇼타의 말을 자르고 나갔다. 그러자 잠시 하리모토 쇼타에게 향했던 모모코의 시선이 냉큼 한정훈 쪽으로 움직였다.

"그럼요. 얼른 드세요."

"모모코가 만들어준 식사라. 기대되는데?"

"헤헤, 실은 어머니가 만들어준 요리를 덥히기만 한 거예요."

겸손해하는 모모코의 말과는 달리 식탁 위에는 진수성찬이 차려져 있었다.

툴툴거리며 뒤따라온 하리모토 쇼타도 그럴듯한 비주얼에 눈이 휘둥그레졌다.

"자, 그럼 먹어보실까?"

한정훈은 사양하지 않고 음식을 흡입하기 시작했다.

모모코는 그런 한정훈의 옆에 찰싹 달라붙어 한정훈이 먹기 편하도록 생선을 발라주었다.

"더러워서 같이 못 먹겠네."

하리모토 쇼타는 미간을 찌푸리며 젓가락을 내려놓았다. 하지만 차마 자리를 뜨진 못했다. 지금도 마치 신혼부부처럼 굴고 있는데 유일한 감시자인 자신이 떠났다간 뭔 일이 날 것 같았다.

"꺼억. 잘 먹었다."

식탁 위의 음식들이 깨끗이 사라지고서야 한정훈이 젓가락을 놓았다.

그러자 하리모토 쇼타가 질렸다며 혀를 내둘렀다.

"넌…… 그게 다 들어가냐?"

"그럼, 이렇게 맛있는데."

"허…… 거짓말. 솔직히 별로 맛도 없던데."

모모코가 새치름한 눈으로 노려봤지만 하리모토 쇼타는 눈 하나 까딱하지 않았다.

냉정하게 말해서 어머니가 만들어준 요리를 냉동시켰다가 다시 해동시켜서 먹는 음식이 정말로 맛있을 리 없었다.

"쇼타, 소화나 좀 시키자."

한정훈은 불만 가득한 하리모토 쇼타를 끌고 거실로 나왔다. 그리고 평소처럼 플레이 박스를 켰다.

"지는 사람이 설거지지?"

"모모코도 왔으니까 내일 점심까지 쏘는 걸로 하자."

"점심 1인당 100불 이상이다?"

"좋아. 나중에 딴소리 마라."

한정훈과 하리모토 쇼타는 멀찍이 떨어져 게임을 시작했다.

종목은 야구.

"질리지도 않나."

둘 사이에 자리를 잡고 앉은 모모코가 이해할 수 없다는 표정을 지었다.

종일 야구를 하는 것으로도 모자라 쉬는 순간까지 야구 게임을 하다니. 야구에 미친 건 아닐까 하는 생각마저 들었다.

하지만 그것도 잠시.

"그렇지!"

한정훈의 입에서 함성이 터지자 모모코는 언제 그랬냐는 것처럼 반짝거리는 눈으로 한정훈을 바라봤다.

그 시선을 느낀 것일까. 한정훈도 크게 벌어졌던 입을 오므리며 표정 관리에 나섰다.

"젠장할!"

반면 경기 시작부터 솔로 홈런을 얻어맞은 하리모토 쇼타의 얼굴이 와락 일그러졌다.

그가 고른 팀은 양키즈였다.

당연하게도 선발은 한정훈이 등판했다. 그런데 잘 제구된 공이, 헛스윙율이 98%나 되는 몸 쪽 꽉 찬 공이 홈런으로 이어졌으니 어처구니가 없었다.

그렇다고 한정훈이 타선이 좋은 팀으로 플레이하는 것도 아니었다.

한정훈의 선택 역시 양키즈.

대신 선발 투수를 하리모토 쇼타로 바꿨다.

양키즈에서 공정하게 경쟁하고 싶다는 하리모토 쇼타의 바람이 게임으로까지 이어진 것이다.

"오빠, 잘 좀 해봐. 정훈 오빠가 너무 힘들어하잖아."

연속 안타를 허용하고 고개를 흔드는 한정훈 캐릭터를 보며 모모코가 불만을 늘어놓았다.

어쩌면 오빠가 일부러 엉망으로 조종하는지도 모른다는 생각이 든 것이다.

하지만 정작 하리모토 쇼타는 최선을 다했다.

게임 속에서도 사기 스탯을 장착한 한정훈이 마음에 들진 않았지만, 설거지와 점심 내기에서 이기기 위해 부들거리며 컨트롤러를 움직였다.

그럼에도 하리모토 쇼타가 조종한 한정훈은 1회에 3점이나 내주고 말았다.

한정훈의 게임 실력이 한 수 위인 탓도 있지만, 노림수가 통하지 않은 게 결정적이었다.

반면 한정훈은 하리모토 쇼타를 조종해 1회를 안타 하나만 허용한 채 깔끔하게 마무리 지었다.

"쇼타, 넌 나한테 안 된다니까."

모모코가 가져다준 음료수를 들이켜며 한정훈이 한껏 이죽거렸다.

하리모토 쇼타가 어떻게든 복수하겠다며 열을 올렸지만 두 사람의 실력 차이는 좀처럼 좁혀지지 않았다.

오히려 4회가 끝난 상황에서 스코어는 11 대 2까지 벌어졌다.

설상가상 선발 투수 한정훈이 피로를 호소하기 시작했다. 100점 만점의 체력 스탯에서 92점이나 받은 캐릭터인데 말이다.

"내가 졌다."

하리모토 쇼타가 신경질적으로 컨트롤러를 내던졌다. 이 상황에서 경기를 이어가 본들 달라질 게 없을 것 같았다.

"모모코 용돈까지 걸고 한 게임 더?"

한정훈이 도발하듯 말했다.

"콜! 나는 좋아요!"

용돈이라는 말에 모모코가 눈을 반짝거렸다. 하지만 하리모토 쇼타는 모모코 앞에서 더 이상 체면을 구기고 싶지 않앉다.

"됐어. 그렇게 하고 싶으면 모모코랑 해."

"그럼 그럴까?"

"저도 좋아요."

한정훈과 모모코는 나란히 붙어 앉아 다른 종류의 게임을
시작했다.

그사이 하리모토 쇼타는 방으로 들어와 TV를 켰다. 때마
침 TV에서는 양키즈와 레인저스의 경기가 한창이었다.

"벌써 6 대 1이야?"

점수를 확인한 하리모토 쇼타가 미간을 찌푸렸다.

이제 4회 말인데 경기는 일찌감치 레인저스 쪽으로 기운 모양새였다.

게다가 1사에 주자 2, 3루 상황이었다. 여기서 안타를 허용한다면 오늘 경기는 꼼짝없이 내줄 수밖에 없었다.

"멍청아, 잘 좀 해봐."

하리모토 쇼타가 TV 쪽으로 몸을 끌어당겼다. 연패 중인 팀을 위해서라도 에이그릴 링컨이 조금 더 힘을 내주길 바랐다.

하지만 한계 투구 수를 넘어선 에이그릴 링컨에게 레인저스의 중심 타선을 막아내라는 건 지나친 요구였다.

따악!

요란한 소리와 함께 타구가 1, 2루 간을 꿰뚫었다. 2루수 비비 그레고리우스가 몸을 날려봤지만, 타구를 막아내지 못했다.

그사이 3루 주자는 여유롭게 홈인. 2루 주자도 헤드 퍼스트 슬라이딩을 감행하며 홈 세이프.

망연자실한 에이그릴 링컨의 얼굴이 화면에 잡혔다. 그러면서 귀퉁이의 스코어가 달라졌다.

8 대 1.

순식간에 점수가 7점 차이로 벌어졌다.

"하아."

하리모토 쇼타가 무겁게 한숨을 내쉬었다.

지금의 양키즈 타선에게 5점의 점수 차이를 뒤집는 건 불가능에 가까운 일이었다.

하물며 7점 차이라면 일찌감치 짐을 싸두는 게 현명해 보였다.

–오늘 경기, 쉽지 않겠네요.

─매 경기 승리를 할 수는 없으니까요. 차라리 오늘 같은 경기에는 후보 선수들에게 기회를 주는 편이 나을 것 같습니다.

중계진도 역전승을 기대하기 어려운 상황이라며 아쉬워했다.

레인저스의 에이스 다르비스 유가 마운드에서 호투하는 상황이라 다득점을 노리기가 쉽지 않다는 것이었다.

경기가 완전히 기울자 양키즈 더그아웃도 움직임을 보였다.

─아, 조지 지라디 감독. 그라운드에 올라옵니다.

─교체하겠죠. 더 이상 에이그릴 링컨 선수에게 경기를 맡기는 건 의미가 없어 보입니다.

─호르에의 예견대로 교체네요. 에이그릴 링컨, 3.1이닝을 투구하고 마운드에서 내려갑니다.

─에이그릴 링컨 선수, 힘든 상황에서도 잘 던졌습니다. 다만 다음 번 경기 때는 스스로를 믿고 조금 더 씩씩하게 공을 던졌으면 좋겠습니다.

에이그릴 링컨을 대신해 제이크 린드그렌이 마운드에 올

랐다. 그리고 두 타자를 땅볼로 유도하며 길었던 4회 말을 끝냈다.

이후 양 팀의 공격은 소강상태에 빠졌다.

레인저스의 선발 다르비스 유는 8회까지 마운드를 지키며 승리를 챙겼다.

1회 초 로비 래프스나이더에게 기습적인 홈런을 허용하며 경기 흐름을 잠시 양키즈 쪽에 내주기도 했지만 이후 집중력 있는 투구를 이어가며 양키즈 타자들을 꽁꽁 묶어버렸다.

피안타 4개와 사사구 2개. 탈삼진은 무려 12개.

레인저스 중계진에서 에이스의 완벽한 부활이라며 극찬을 늘어놓을 정도였다.

양키즈도 불펜 투수들을 적극적으로 투입하며 레인저스의 공격을 봉쇄했다.

레인저스 타자들이 이닝마다 득점권에 주자를 내보내며 끈질기게 달려들었지만 조지 지라디 감독도 위기 때마다 투수를 교체하며 레인저스의 흐름을 끊어놓았다.

최종 스코어 8 대 2.

9회 초 양키즈가 한 점을 만회하긴 했지만, 승부의 결과까지 뒤집지는 못했다.

-레인저스와의 시즌 첫 맞대결에서 아쉽게 패배하며 양키즈는 3연패에 몰리게 됐습니다.

-네이스 이볼디 선수의 빈자리가 느껴지는 경기였습니다.

-하지만 내일 경기는 기대해도 될 것 같은데요.

-네, 내일은 앞서 예고해 드린 대로 한정훈이 마운드에 오를 예정입니다. 다만 한정훈의 컨디션이 변수입니다.

-오늘 저녁 비행기로 텍사스에 올 예정이죠?

-구단 측에서 준비했던 한국 프로야구와의 교류 행사에 참석하느라 선수단과 함께 움직이지 못했습니다.

-그래도 한정훈 선수가 좋은 모습을 보여줄 것이라 기대하고 싶습니다.

-저 역시 한정훈 선수의 승리를 기원합니다.

9승 10패. 5할 승률이 무너지고 연패가 3연패로 늘어났지만 양키즈 중계진은 침울해하지 않았다.

벌써부터 사이영상 1순위로 꼽히는 에이스 한정훈이 등판하는 만큼 다르비슈 유에게 당했던 굴욕을 톡톡히 되갚아줄 것이라 기대했다.

"에이스도 못할 짓이로군."

하리모토 쇼타가 씁쓸한 표정을 지었다.

한두 번도 아니고 매번 연패 상황에서 등판해야 한다는 게 에이스의 숙명처럼 느껴졌다.

그때였다.

"오빠, 정훈 오빠 가야 한데."

모모코가 울 것 같은 얼굴로 방에 들어왔다.

표정을 보아하니 한정훈과 밤새 있을 수 있도록 붙잡아 달라는 것 같았다.

하지만 내일 선발 등판 예정인 한정훈을 더 이상 귀찮게 할 수는 없는 노릇이었다.

"넌 야구 선수 부인 되려면 철 좀 더 들어야겠다."

모모코의 머리에 가볍게 꿀밤을 먹인 뒤 하리모토 쇼타가 거실로 나왔다. 한정훈은 벌써 신발까지 신은 채로 현관문 쪽에 서 있었다.

"구단에서 연락 왔어?"

"어, 삼십 분 안에 태우러 온다네."

"안 피곤하겠냐?"

"어차피 비행기만 타면 곯아떨어지는데 뭘."

"그래도. 몸 생각해 가며 적당히 던져. 구단에 투수가 너 하나밖에 없는 것도 아니니까."

하리모토 쇼타는 내심 한정훈이 걱정됐다. 팀이 3연패로 몰린 상황이긴 하지만 그래도 너무 무리하지 않기를 바랐다.

"알았다. 너도 다음 등판 준비 잘하고."

한정훈이 피식 웃으며 집을 나섰다. 그리고는 잠시 자신의 집에 들른 뒤 곧바로 텍사스로 향했다.

하리모토 쇼타가 한정훈의 얼굴을 본 건 다음 날 오후가 되어서였다.

"오빠! 오빠! 빨리 와! 빨리!"

양키즈와 레인저스의 중계방송이 시작되자 모모코가 호들갑스럽게 소리쳤다.

"넌 여기서 봐. 난 방에 가서 볼 거니까."

하리모토 쇼타는 모모코를 거실에 내버려 둔 채 방으로 향했다.

파울 타구 하나에도 어쩔 줄을 몰라 하는 모모코와 함께 야구를 보는 게 곤욕스러웠기 때문이다.

"뭐야, 치사해!"

모모코가 서운하다며 빽 하고 소리를 질렀지만 하리모토 쇼타는 눈 하나 까딱하지 않았다. 오히려 TV 리모컨에 이어폰을 연결해 귀에 꽂았다.

그렇게 방 밖에서 들리는 불필요한 소음(?)을 원천 봉쇄한 뒤에야 중계 화면이 눈에 들어왔다.

레인저스의 선발 투수는 콜 헤먼스.

83년생의 노장 투수로 메이저리그에서도 손꼽히는 체인지 업을 던지는 투수였다.

은퇴 시점이 다가오면서 구속과 구위가 예전만 못하다는 평가를 받고 있지만, 전날 다르비스 유에게 꽁꽁 묶인 양키즈 타선이 쉽게 공략하긴 어려워 보였다.

-콜 헤먼스, 만만한 투수가 아니죠?
-그렇습니다. 마운드 위에서 다양한 구종을 구사하는 만큼 타자들이 신중하게 콜 헤먼스의 공을 지켜볼 필요가 있을 것 같습니다.

양키즈 중계진도 섣불리 덤벼들어서는 콜 헤먼스에게 당하고 말 것이라고 경고했다.

그런데…….

따악!

경기 시작부터 양키즈의 방망이가 불을 뿜었다.

침울했던 분위기를 반전시킨 주인공은 이적생 브라이언 리.

양키즈에 합류한 첫 경기부터 1번 타자로 출장했다면 부담스러울 만한데 콜 헤먼스의 몸 쪽 포심 패스트볼을 기다렸다는 듯이 잡아당겨 안타로 만들어냈다.

순식간에 양키즈 쪽 분위기가 끓어올랐지만 뒤이어 타석에 들어선 2번 타자 비비 그레고리우스는 침착함을 유지했다.

본래 리드오프보다는 2번 타자가 어울린다는 평가를 받아 왔던 만큼 콜 헤먼스의 유인구를 전부 골라내며 풀카운트 접전 끝에 사사구를 얻는 데 성공했다.

무사 주자 1, 2루.

경기 초반 승패가 갈릴지도 모르는 승부처에 양키즈-브레이브스 트레이드 논란의 중심에 섰던 제이크 햄튼이 타석에 들어왔다.

"이 녀석이 한 방 때려줘야 하는데."

하리모토 쇼타가 자신도 모르게 주먹을 움켜쥐었다.

새벽 비행으로 피곤할 한정훈이 편하게 공을 던지려면 이 타이밍에 적시타가 터져 줘야 했다.

제이크 햄튼도 의욕적으로 타석에 들어섰다. 팀에 합류하고 처음으로 경기에 나선 만큼 뭔가 보여주겠다는 욕심이 강했다.

'저길 넘겨 버리자!'

방망이를 추켜들며 제이크 햄튼이 왼쪽 담장을 매섭게 노려봤다.

고작 331피트(≒101미터)밖에 되지 않는 거리라면 자신의 힘으로 충분히 넘겨 버릴 수 있을 것 같았다.

하지만 콜 헤먼스도 만만치 않았다. 트레이드 후 첫 경기를 치르는 제이크 햄튼이 장타를 노릴 것이라 예상하고는 철저하게 낮은 공으로 승부했다.

그 과정에서 제이크 햄튼이 두 차례 큼지막한 파울 타구를 만들어냈지만 결과는 콜 헤먼스의 승리로 끝이 났다.

삼진 아웃.

"젠장할!"

제이크 햄튼의 벌게진 얼굴이 중계 카메라를 통해 전국적으로 송출되었다.

"으이그, 저 멍청한 녀석."

하리모토 쇼타가 탄식을 쏟아냈다.

콜 헤먼스가 작정하고 좋은 공을 주지 않고 있는데 계속해서 반응을 해대니 안타를 때려낼 리 만무했다.

"이제 믿을 건 더스티뿐이야."

하리모토 쇼타의 시선이 다시 TV로 향했다. 좌타석으로 4번 타자 더스티 애클리가 느긋하게 들어서는 게 눈에 들어왔다.

―더스티 애클리의 타석입니다.

―어제 경기에서는 4타수 무안타로 부진했는데요. 오늘은 4번 타자의 면모를 보여줄 것이라 기대해 봅니다.

―찬스에 강한 타자니까요.

―그렇습니다. 현재 팀에서 가장 많은 타점을 올리고 있습니다.

양키즈 중계진도 더스티 애클리는 다를 것이라며 기대감을 고조시켰다.

하지만 제이크 햄튼을 삼진으로 돌려세우며 분위기를 반전시킨 콜 헤먼스의 공은 날카롭게 구석구석을 찔러 들었다.

더스티 애클리도 기회를 살리기 위해 신중하게 대처했다.

초구 바깥쪽으로 들어오는 포심 패스트볼을 걸러낸 뒤 2구째 한가운데에서 떨어지는 커브를 가까스로 참아냈다.

그러나 3구와 4구째 몸 쪽으로 파고드는 콜 헤먼스의 커터와 투심 패스트볼은 참아내지 못했다.

워낙 예리하게 제구가 된 터라 더스티 애클리도 반사적으로 방망이를 내밀 수밖에 없었다.

그렇게 볼카운트가 투 스트라이크 투 볼로 바뀌었다.

'이제는 들어오겠지!'

길게 숨을 고르던 더스티 애클리가 머릿속으로 체인지업

을 그렸다.

평소 콜 헤먼스는 공 4개당 1개꼴로 체인지업을 구사해 왔다. 앞서 제이크 햄튼을 상대로는 체인지업을 2개나 던졌다.

그만큼 전가의 보도로 활용하는 구종을 아직 보여주지 않았다는 건 승부처를 위해 아껴두었다는 소리나 다름없었다.

제아무리 제구가 좋은 콜 헤먼스라 하더라도 풀카운트 상황에서 스트라이크존을 벗어나는 체인지업을 던지기란 쉽지 않을 터.

끼이익.

더스티 애클리가 힘껏 방망이를 움켜쥐었다.

콜 헤먼스가 체인지업을 던지지 않겠다면 모르겠지만 던질 생각이라면 지금뿐이라고 확신했다.

하지만 콜 헤먼스의 선택은 체인지업이 아니라 커브였다. 그것도 좌타자인 더스티 애클리의 바깥쪽으로 멀찍이 도망치는 공이었다.

그렇다면 어떻게든 이 공을 걸러내야 했지만 더스티 애클리는 무의식적으로 방망이를 휘돌리고 말았다.

"스트라이크, 아웃!"

심판의 단호한 삼진 콜과 함께 레인저스 홈 팬들이 들썩거렸다.

아직 아웃 카운트가 하나 남은 상황이지만 노련한 콜 헤먼스라면 충분히 막아내 줄 것이라 기대했다.

콜 헤먼스도 여유를 되찾았다. 그래서 채이스 해틀리를 상대로 초구부터 승부를 걸었다.

마음이 급한 채이스 해틀리가 성급하게 방망이를 내밀어 주길 기대하며 말이다.

그리고 채이스 해틀리는 그 노림수에 걸려들었다.

따악!

채이스 해틀리가 때려낸 타구가 하늘 위로 치솟았다.

그러자 콜 해먼스가 평범한 플라이를 예상하듯 마운드에서 천천히 내려왔다.

"이 멍청이!"

하리모토 쇼타도 플라이 아웃을 직감했다.

엉덩이는 쭉 빠진 상태에서 바깥쪽으로 떨어지는 체인지업을 건드렸으니 제대로 된 타구가 나올 리 없다고 여겼다.

"물이나 마셔야겠다."

하리모토 쇼타는 신경질적으로 이어폰을 빼 던졌다. 그리고는 방문을 열고 주방으로 걸어 나왔다.

지켜보는 입장에서도 이렇게 열불이 나는데 씁쓸하게 마운드에 올라갈 한정훈을 생각하니 더욱 속이 탔다.

그때였다.

"꺄아아! 오빠! 홈런이야! 홈런!"

모모코가 두 팔을 들어 올리며 호들갑을 떨어댔다.

"하아, 이 멍청아. 넌 홈런하고 플라이하고 구분도 못하냐?"

하리모토 쇼타가 질렸다며 고개를 흔들었다. 그러자 모모코가 미간을 찌푸리더니 보란 듯이 TV 볼륨을 높였다.

—와우, 이게 넘어갈 줄은 정말 몰랐습니다.

—네, 정말 아슬아슬한 홈런이었습니다. 아무래도 바람을 탄 것 같은데요.

—콜 해먼스도 고개를 흔드네요.

—어쨌든 양키즈 입장에서는 기분 좋은 홈런입니다.

"뭐? 넘어갔다고?"

리플레이 장면을 확인한 하리모토 쇼타가 헛웃음을 흘렸다.

해설자 호르에 포사다의 말처럼 힘을 잃고 추락하던 타구가 마지막 순간 바람을 타더니 좌측 담장을 살짝 넘어가 버렸다.

"정훈이 녀석, 오랜만에 맘 편히 던지겠네."

하리모토 쇼타가 다시 주방으로 발걸음을 돌렸다.

4월 4경기에서 단 한 점밖에 내주지 않은 한정훈인 만큼 잠깐 간식을 만들어도 별문제 없을 것이라 여겼다.

그런데 그 잠깐 사이에 실로 어처구니없는 상황이 펼쳐졌다.

"뭐야? 뭐가 어떻게 된 거야?"

샌드위치를 오물거리던 하리모토 쇼타의 눈이 커졌다. 한정훈이 마운드에 서 있는데 루상에 주자가 가득 채워진 것이다.

더 황당한 건 아직까지 아웃 카운트 하나 잡지 못했다는 점이다.

"야, 어떻게 된 거냐니까!"

하리모토 쇼타가 괜히 소파에 앉아 있는 모모코에게 짜증을 냈다. 그러자 모모코가 벌게진 눈으로 빽 하고 악을 내질렀다.

"몰라! 그렇게 궁금하면 오빠가 알아보든가!"

모모코는 일본에서 가져 온 헬로큐티 쿠션을 끌어안고 펑펑 울어댔다. 모르는 사람이 봤다면 집안에 큰 우환이라도 생긴 것이라고 오해할 정도였다.

"야, 조용조용히 울어! 경찰이라도 오면 어쩌려고 그래?"

하리모토 쇼타가 모모코를 다그쳤다. 하지만 모모코는 울음을 멈추려 하지 않았다. 오히려 더욱 보란 듯이 울음소리를 높였다.

"젠장, 툭하면 울기나 하고."

결국, 참다못한 하리모토 쇼타가 방 안으로 도망쳤다. 그리고는 냉큼 이어폰을 귀에 꽂았다. 그 순간 친절하게도 무사 만루가 만들어지는 과정이 리플레이를 통해 펼쳐졌다.

일의 시작은 레인저스의 1번 타자 딜리아노 드실즈의 출루부터였다.

몇 구째인지는 모르겠지만, 한정훈이 던진 바깥쪽 투심 패스트볼을 딜리아노 드실즈가 힘껏 잡아당겨 3루 땅볼을 만들었는데 3루수 제이크 햄튼이 너무 뒤쪽에서 수비를 하다 내야 안타가 된 게 화근이었다.

이어지는 장면에서는 2번 타자 루그네스 오도어가 3루 쪽으로 번트를 대는 장면이 나왔다.

타구가 절묘해 발 빠른 딜리아노 드실즈를 2루에서 잡기란 어려운 상황이었다.

그러나 공을 잡은 제이크 햄튼는 1루 대신 2루를 선택했다. 포수 아담 앤더슨이 1루를 가리켰는데도 말이다.

그 과정에서 공이 악송구가 되면서 무사 주자 2, 3루로 이어졌다.

그리고 이어지는 장면에서 한정훈이 몸 쪽이 붙인 공이 앨버스 앤드루스의 유니폼을 스쳐 지나면서 비어 있던 1루가 채워졌다.

"후우, 미치겠군."

하리모토 쇼타가 손에 들고 있던 샌드위치 접시를 내려놓 았다.

채이스 해틀리가 행운의 홈런을 때려냈을 때까지만 해도 허기가 졌는데 지금은 물조차 넘기지 못할 것 같았다.

다시 현 상황으로 돌아온 중계 화면에 묵묵히 마운드를 고 르는 한정훈의 모습이 들어왔다.

겉으로는 멀쩡해 보였지만 하리모토 쇼타는 한정훈의 속 이 부글부글 끓고 있을 것이라고 여겼다.

무사 만루에서 4번 타자를 상대해야 하는 심정이 어떨지 는 당해본 사람만이 알 수 있는 것이었다.

"겁먹지 마! 너라면 삼진 잡을 수 있어!"

하리모토 쇼타가 진심으로 한정훈을 응원했다.

타석에 들어선 4번 타자 조이 칼로가 바로 어제 경기에서 연타석 홈런을 때려내긴 했지만, 한정훈의 공은 쉽게 공략해 내지 못할 것이라 여겼다.

하지만 한정훈이 있는 힘껏 내던진 초구가 조이 칼로의 방 망이 끝에 걸리자 하리모토 쇼타의 표정이 일그러졌다.

"뭐, 뭐야! 공이 왜 저래?"

하리모토 쇼타가 재빨리 구속을 확인했다.

98mile/h(≒157.7㎞/h).

최고 구속 104mile/h(≒167.3㎞/h)까지 나오던 포심 패스트볼의 구속이 6mile/h이나 줄어들어 있었다.

무사 만루 상황이라 구속보다 제구에 신경 썼다 하더라도 쉽게 납득할 수 없는 숫자였다.

그러자 양키즈 해설진이 꾹 다물었던 입을 열었다.

―98마일. 한정훈. 오늘은 확실히 베스트 컨디션이 아닌 거 같습니다.

―야간 비행에 따른 피로가 있을 것이라고 말씀드렸는데 아무래도 몸이 무거운 것 같습니다.

―가벼운 교통사고까지 겹치며 경기장에도 예정보다 늦게 도착했으니까요. 아무래도 몸이 완전히 풀리지 않은 느낌입니다.

"하아……."

한정훈의 속사정을 전해 들은 하리모토 쇼타는 그저 한숨만 나왔다.

애당초 불필요한 일정을 거절했으면 좋았을 텐데, 아니, 일정이 끝나고 곧바로 텍사스로 갔다면 나았을 텐데 일이 꼬이려고 하니 별의별 일들이 다 벌어지는 듯한 기분이었다.

본래 일정은 한정훈도 선수들과 함께 전세기를 타고 텍사스로 날아가는 것이었다.

그런데 블랭키 톰슨 부사장이 갑자기 한국 유소년 야구 지원 행사를 추진하면서 한정훈의 스케줄이 바뀌었다.

"이게 무슨 말도 안 되는 소리입니까!"

조지 지라디 감독은 사전에 양해되지 않은 행사라며 불쾌감을 드러냈다.

브라이언 캐시 단장도 블랭키 톰슨 부사장에게 일정을 취소하거나 연기해 달라고 공식 요청했다.

하지만 블랭키 톰슨 부사장은 그럴 수 없다며 고개를 저었다. 오히려 한정훈이 참석하지 않아도 행사는 강행하겠다는 뜻을 분명히 밝혔다.

"구단의 초대를 받은 협회 임원들과 대표 선수들이 이미 뉴욕에 와 있습니다. 이제 와서 그들을 돌려보낼 수는 없지요."

고심 끝에 한정훈은 행사에 참가하기로 결정을 내렸다.

다른 걸 떠나 자신을 보기 위해 한국의 유소년 선수 대표들이 와 있다는데 그들을 실망시키고 싶지 않았다.

그렇게 한정훈의 스케줄은 레인저스와의 1차전이 열리는 날 뉴욕 행사에 참여한 뒤 저녁에 비행기를 타고 텍사스로 넘어가는 것으로 결정이 났다.

그리고 일정 중에 짬을 내서 테너 제이슨을 만나고 모모코와 함께 이른 저녁 식사를 즐긴 것이다.

본래라면 텍사스에 도착해 충분히 휴식을 취했을 한정훈이 야간 비행기를 탄 것도 모자라 접촉 사고까지 났으니 컨디션이 엉망일 수밖에 없었다.

그럼에도 한정훈은 군소리 없이 마운드 위에서 묵묵히 공을 던졌다. 등판을 미루자는 구단의 만류도 뿌리친 채 말이다.

"욕심부리지 마. 그냥 한 점 내주라고."

하리모토 쇼타가 한정훈을 바라보며 중얼거렸다.

평소라면 얼마든지 삼진을 잡아내며 스스로 위기에서 벗어났겠지만, 오늘은 달랐다.

컨디션 저하와 수비 실책이 겹친 상황에서 평정심을 유지한다는 게 쉽지 않을 터.

그렇다면 점수를 내주더라도 아웃 카운트를 늘리는 데 집중하는 게 최선이었다.

한정훈도 하리모토 쇼타와 비슷한 생각을 했다. 그래서 2구째 몸 쪽으로 꺾여 드는 J-스플리터를 내던졌다.

하지만 조이 칼로는 마지막 순간에 방망이를 멈춰 세웠다. 구심도 공이 낮았다며 볼을 선언했다.

"이 멍청아! 저게 왜 볼이야!"

하리모토 쇼타가 자리에서 벌떡 일어났다.

돌아간 것처럼 보이는 조이 갈로의 스윙을 인정하지 않은 3루심도 얄미웠지만, 스트라이크존을 통과한 뒤 마지막 순간에 떨어져 내린 공을 외면한 구심은 멱살이라도 잡고 싶은 심정이었다.

–볼이라고요? 저게 볼인가요?

–흠…… 오늘 구심이 유독 몸 쪽 공을 잡아주지 않는 느낌입니다.

–1회 초에도 이 정도로 빡빡하진 않았는데요.

–콜 헤먼스는 좌완이고 한정훈은 우완 투수인 만큼 단순히 비교하기란 어렵습니다만 확실히 한정훈에게 조금 더 엄격하다는 생각입니다.

양키즈 중계진도 구심의 스트라이크 판정에 문제가 있음을 지적했다.

심지어 레인저스 중계석에서조차 무브먼트가 심한 한정훈의 공을 구심이 놓친 것 같다는 말이 흘러나올 정도였다.

하지만 결과적으로 달라지는 건 없었다.

원 스트라이크 원 볼.

볼카운트는 여전히 팽팽하기만 했다.

"정훈, 침착해. 바깥쪽으로 떨어지는 변종 체인지업을 던지라고!"

하리모토 쇼타가 TV를 향해 소리쳤다.

패스트볼과 똑같은 릴리스 포인트에서 날아드는 한정훈의 체인지업이라면 조이 칼로의 방망이를 끌어낼 수 있을 것 같았다.

그러나 한정훈-아담 앤더슨 배터리의 선택은 달랐다.

변화구를 통해 타이밍을 빼앗겠다는 생각은 일치했지만 구종이 빗나갔다.

후아앗!

한정훈의 손끝을 빠져나간 공이 느릿하게 허공을 가르며 날아들었다.

너클 커브.

"⋯⋯!"

하리모토 쇼타는 자신도 모르게 마른침을 꿀꺽 삼켰다.

지난 시즌 40개의 홈런을 때려낸 조이 칼로에게 너클 커브라니.

잠시 한정훈이 미쳤다는 생각마저 들었다.

하지만 조이 칼로는 이번에도 방망이를 내밀지 못했다. 너클 커브는 예상조차 못했는지 그저 멍하니 공을 지켜보기만 했다.

다행히 바깥쪽으로 살짝 꼬리를 만 공은 스트라이크존에서 정확하게 포구가 됐다.

그런데 이번에도 구심은 스트라이크를 선언하지 않았다. 공이 조이 칼로의 어깨 위를 지났다는 이유에서였다.

"허……! 진짜 미치겠네."

반쯤 엉덩이를 들어 올렸던 하리모토 쇼타가 신경질적으로 자리에 주저앉았다.

메이저리그 구심들의 스트라이크존이 제멋대로라는 이야기를 듣긴 했지만, 이 정도로 개성 있을 줄은 미처 생각하지 못한 것이다.

당황한 건 한정훈도 마찬가지였다.

평소보다 너클 커브가 높게 제구되긴 했지만 조이 칼로의 덩치를 고려했을 때 확실한 스트라이크였다.

이걸 받아주지 않는다면 오늘 경기에서 높은 코스의 공은 던지지 말란 소리나 다름없었다.

한정훈이 이해되지 않는다며 고개를 절레절레 흔들었다. 그리고는 보란 듯이 로진백을 바닥에 내동댕이쳤다.

"저, 정훈. 제발 침착해. 흥분하면 지는 거야."

하리모토 쇼타는 이러다 한정훈이 심판의 눈 밖에라도 날까 봐 걱정이 됐다.

투수가 싸워야 할 상대는 상대 팀 타자지 심판이 아니었다.

괜히 심판의 심기를 건드렸다가 마운드에 서 있는 내내 불리한 판정을 받게 될지 몰랐다.

때마침 조지 지라디 감독이 그라운드에 올라왔다.

에이스가 등판한 경기에 1회부터 감독이 마운드를 방문하는 건 상식 밖의 일이었지만 한정훈을 진정시킬 필요가 있다고 판단한 것이다.

"정훈, 점수를 내줘도 좋으니까 마음 편히 던져. 알았지?"

한정훈을 다독거린 뒤 조지 지라디 감독은 내야수들을 마운드로 전부 불러 모았다. 그리고 힘을 합쳐 한정훈을 도울 것을 지시했다.

조지 지라디 감독의 주도 속에 야수들은 한목소리로 한정훈을 독려했다.

어설픈 수비로 위기의 빌미를 제공한 3루수 제이크 햄튼도 마찬가지.

덩치에 어울리지 않게 슬그머니 다가와서는 한정훈의 엉덩이를 툭툭 두드려 주었다.

"저 자식은 뭘 잘했다고 저기 끼어 있어?"

제이크 햄튼이 눈에 띄자 하리모토 쇼타가 이맛살을 찌푸렸다.

트레이드 이후 첫 경기고 긴장했다 하더라도 제이크 햄튼의 허술한 수비는 쉽게 용납이 되지 않았다.

제이크 햄튼이 조금만 더 긴장감을 가졌더라도 무사에 주자가 가득 채워지는 엿 같은 상황은 만들어지지 않았을 것이다.

"차라리 스탈린 카이스트로의 수비를 보는 게 낫지."

하리모토 쇼타는 이 난리를 치고도 제이크 햄튼이 핫코너에 있는 것 자체가 말이 안 된다고 여겼다.

그러나 한정훈은 보란 듯이 제이크 햄튼의 실수를 품어 안았다. 조금 전 플레이는 신경 쓰지 말라며 제이크 햄튼의 뺨을 톡톡 두드려 준 것이다.

―한정훈, 에이스로서 루키를 다독거리고 있습니다.

―정말 보기 좋은 모습이네요. 제이크 햄튼도 말은 하지 않았지만 조금 전 플레이가 계속 신경 쓰였을 텐데요. 한정훈이 저렇듯 괜찮다고 이해해 주면 마음이 한결 가벼워질 겁니다.

양키즈 중계진은 위기 속에서도 팀원을 생각하는 한정훈

의 모습을 보며 칭찬을 아끼지 않았다.

하지만 하리모토 쇼타는 그럴 수밖에 없는 한정훈의 입장이 안타깝기만 했다.

"화도 못 내고. 저게 뭐야."

하리모토 쇼타가 혀를 찼다.

물론 경기 중에 벌어진 야수들의 실책은 탓하지 않는 게 불문율이긴 했지만, 만약 자신이었다면 최소한 화가 풀릴 때까지 눈총이라도 쏘아댔을 것이다.

그러나 한정훈은 에이스라는 이유만으로 동료의 실책까지 안고 가려 하고 있었다.

책임감도 좋지만 저러다 화병이라도 나지 않을까 걱정이 들 정도였다.

"후우, 주자 신경 쓰지 마. 타자에만 집중하라고. 한두 점은 내줘도 괜찮아. 어차피 넌 평균 자책점도 낮잖아."

다시 마운드에 홀로 남겨진 한정훈을 향해 하리모토 쇼타가 간절히 중얼거렸다.

볼카운트는 원 스트라이크 투 볼.

밀어내기로 한 점을 내줄 게 아니라면 이번에 기필코 스트라이크를 잡아야 했다.

"바깥쪽으로. 안전하게 가."

하리모토 쇼타는 4번 타자를 상대로 섣불리 몸 쪽으로 들어가기보다는 바깥쪽에 꽉 찬 스트라이크를 던지는 게 낫다고 여겼다.

포수인 아담 앤더슨도 하리모토 쇼타의 생각처럼 바깥쪽 사인을 냈다.

하지만 한정훈은 가볍게 고개를 흔들었다. 아담 앤더슨이 구종을 바꿔 다시 한 번 바깥쪽 사인을 내 봤지만 소용 없었다.

"뭐야? 초구부터 승부를 걸겠다고? 미쳤어?"

하리모토 쇼타가 다시금 언성을 높였다. 이 상황에서 몸 쪽 승부를 벌였다간 조이 칼로에게 얻어맞을 가능성이 높았다.

그러나 한정훈은 고집을 꺾지 않았다. 그 고집에 아담 앤더슨도 사인을 변경할 수밖에 없었다.

"으아아아!"

한정훈의 투구가 시작되자 하리모토 쇼타가 공포 영화라도 보는 것처럼 비명을 내질렀다.

이대로 한정훈의 손끝에서 공이 빠져나갔다간 큰일이 벌어질 것 같았다.

하리모토 쇼타의 예상대로 조이 칼로는 몸 쪽 공이 들어오자 기다렸다는 듯이 방망이를 휘둘렀다.

하지만 공과 방망이가 만나는 순간 아무런 소리도 나지 않았다.

한정훈이 내던진 공이 마지막 순간 뚝 하고 떨어졌기 때문이다.

"스, 스플리터!"

하리모토 쇼타가 입을 쩍 하고 벌렸다.

무사 만루. 원 스트라이크 투 볼로 몰린 상황에서 4번 타자를 상대로 볼을 던지다니.

어지간한 투수들은 감히 엄두조차 내지 못할 배짱에 그저 헛웃음만 났다.

당황한 건 조이 칼로도 마찬가지였다. 설마하니 스플리터가 들어오리라고는 생각지도 못한 듯 고개를 한참 동안 흔들어 댔다.

그러나 한정훈은 아무런 감정도 드러내지 않았다. 볼카운트가 조금 좋아졌을 뿐 무사 만루의 위기는 그대로이기 때문이었다.

"후우……."

한정훈을 대신해 하리모토 쇼타가 길게 숨을 골랐다.

그저 중계 화면을 지켜보는 것뿐인데도 현장의 긴장감이 온몸으로 고스란히 전해지는 기분이었다.

"나라면 바깥쪽으로 도망치는 슬라이더를 하나 던져 넣었을 텐데……."

로진백을 두드리는 한정훈을 보며 하리모토 쇼타가 나직이 중얼거렸다.

투 스트라이크 투 볼.

투수와 타자 모두가 승부를 걸어볼 만한 볼카운트였지만 하리모토 쇼타는 유인구를 떠올렸다.

바깥쪽으로 도망치듯 흘러 나가는 슬라이더라면 투 스트라이크에 몰린 타자들이 반사적으로 방망이를 내밀 수밖에 없다고 여겼다.

하지만 우완인 한정훈에게 좌타자 바깥쪽으로 흘러나가는 공은 J-스플리터 하나밖에 없었다.

그렇다고 바로 직전에 스플리터를 던진 상황에서 또다시 J-스플리터를 던지는 것도 쉽지 않아 보였다.

"아니면 과감하게 몸 쪽으로 커터를 찔러 넣어?"

한참을 고심하던 하리모토 쇼타가 혼잣말처럼 중얼거렸다.

자신이 마운드에 서 있다면 결코 실행에 옮기지는 않겠지만 타자의 허를 찌르듯 몸 쪽으로 바짝 붙여보는 것도 나쁠 것 같지 않았다.

그런 하리모토 쇼타의 생각이 전해지기라도 한 것일까.

한정훈이 힘껏 다리를 들어 올리더니 조이 칼로의 몸 쪽으로 커터를 꽂아 넣었다.

따악!

조이 칼로가 엉겁결에 방망이를 휘둘렀다.

한정훈이 정상 컨디션이었다면 헛스윙이 되거나 파울로 이어졌겠지만 평소보다 구위가 떨어진 공은 방망이 안쪽에 걸려 3루수 정면으로 날아들었다.

"크억!"

3루수 제이크 햄튼이 괴성을 내지르며 반사적으로 글러브를 들어 올렸다.

순간 글러브 끝에 걸린 타구가 밖으로 살짝 튕겨 나왔지만 제이크 햄튼은 더 이상 실수하지 않겠다는 일념으로 어린 아이를 보듬듯 온몸으로 공을 받아냈다.

"잡았어!"

제 품에 안긴 공을 확인한 제이크 햄튼이 주먹을 움켜쥐며 좋아했다.

하지만 조지 지라디 감독을 비롯한 코칭스태프들은 쓴웃음을 삼켜야 했다.

조금 더 노련한 내야수였다면 더블 플레이를 노리기 위해 일부러 공을 떨어뜨렸을 텐데 수비에 미숙한 제이크 햄튼은 거기까지 생각하지 못한 것이다.

-제이크 햄튼, 이번에는 공을 제대로 잘 잡아줬습니다.

-네, 너무 잘 잡아줬네요. 살짝 떨어뜨렸어도 괜찮았을 텐데요.

-그래도 경기 초반의 허술한 수비에 비한다면 상당한 발전입니다.

-아웃 카운트가 하나 늘어날 때마다 조금씩 성장해 준다면 열 시즌 정도 후에는 에릭 지터가 되어 있을지도 모르겠네요.

양키즈 중계진도 우스갯소리로 아쉬움을 달랬다.

그사이 5번 타자 추신우가 타석에 들어왔다.

-오늘 경기의 또 다른 한국 선수가 타석에 들어옵니다.

-추신우, 까다로운 타자죠.

-어제 경기에서는 6번 타순에서 활약했는데 오늘은 5번으로 올라왔네요.

-제크 배니스터 감독이 추신우를 통해 한정훈에게 부담을 주려는 모양입니다.

-한정훈, 신중하게 공을 던져야 합니다. 추신우가 만루 상황에서 밀어내기 출루를 정말 자주 하는 선수거든요.

-레인저스에서만 밀어내기로 40타점을 만들었으니까요. 확실히 조심할 필요가 있습니다.

양키즈 중계진의 목소리에 긴장감이 어렸다.

한국의 야구팬들이야 그토록 보고 싶어 하던 한정훈과 추신우의 맞대결이 시작됐다며 좋아하겠지만 양키즈 팬들 입장에서는 하필 이 타이밍에 등장한 추신우가 그저 얄미울 뿐이었다.

"힘으로 밀어 붙여. 예전의 추신우가 아니라고!"

하리모토 쇼타가 단호하게 소리쳤다.

추신우의 선구안은 메이저리그에서도 정평이 나 있을 만큼 좋았다. 그러나 스윙 스피드는 예전만 못한 만큼 구위로 승부한다면 충분히 승산이 있을 것 같았다.

공교롭게도 한정훈 역시 하리모토 쇼타와 비슷한 생각을 했다.

컨디션을 떠나 메이저리그 선배인 추신우와의 첫 대결을 구질구질하게 만들고 싶지 않았다.

한정훈의 속내를 읽은 아담 앤더슨이 추신우의 몸 쪽으로 미트를 움직였다.

몸 쪽 꽉 찬 포심 패스트볼이라면 추신우가 때려낸다 해도 내야를 넘기지 못할 것 같았다.

"제발! 제발!"

하리모토 쇼타의 간절한 외침 속에 한정훈의 손에서 새하얀 공이 튕겨져 나왔다.

퍼엉!

일직선으로 날아든 공이 순식간에 아담 앤더슨의 미트 속에 박혀들었다.

구속은 99mile/h.

최고 구속과는 여전히 차이가 있었지만 추신우는 제자리에서 꼼짝도 하지 못했다.

"스트라이크."

한참을 망설이던 구심이 이내 팔을 들어 올렸다.

중계진의 투구 추척 시스템상 스트라이크가 명확했지만 구심은 마치 인심을 쓰듯 스트라이크를 인정했다.

가볍게 고개를 주억거린 뒤 추신우가 다시 타석에 들어섰다.

타격 위치는 초구 때보다 홈 플레이트에서 살짝 멀어져 있었다.

한정훈의 빈틈없는 몸 쪽 공에 대응하기 위한 판단 같아 보였다.

추신우를 힐끔 바라본 아담 앤더슨이 2구째 바깥쪽 사인을 냈다.

구종은 체인지업.

몸 쪽 패스트볼에 초점을 맞추고 있을 추신우를 역으로 찔러보자는 이야기였다.

"나쁘지 않아……."

하리모토 쇼타가 혼잣말처럼 중얼거렸다.

확 와닿는 사인은 아니었지만, 노림수 좋은 타자를 상대로 구종을 다양하게 가져가는 것도 또 다른 방법이 될 수 있을 것 같았다.

잠시 망설이던 한정훈도 고개를 주억거렸다. 그리고는 마치 패스트볼을 던지듯 있는 힘껏 공을 내던졌다.

후아앗!

한정훈의 손끝을 빠져나간 공이 한가운데서 바깥쪽으로 멀어졌다. 그와 동시에 추신우의 방망이도 움직였다.

추신우가 패스트볼 타이밍을 노렸다면 정타가 나오기 힘든 상황이었다.

하지만 추신우는 마지막 순간에 기술적으로 스윙을 지연시키며 떨어지는 공을 건드려 냈다.

따악!

둔탁한 소리와 함께 타구가 외야 쪽으로 뻗어 나갔다.

"젠장할!"

하리모토 쇼타가 자리에서 벌떡 일어났다.

느낌상 홈런은 아니었지만 채이스 해틀리의 타구처럼 바람을 타게 된다면 무슨 일이 일어날지 장담할 수 없었다.

그런데 제자리에서 타구를 지켜보던 좌익수 더스티 애클

리가 슬금슬금 걸음을 옮겼다.

그러더니 갑자기 펜스를 향해 내달리기 시작했다.

"안 돼!"

그 모습을 지켜보는 하리모토 쇼타의 가슴이 쿵쾅쿵쾅 뛰었다.

더스티 애클리의 시선은 여전히 공을 좇고 있었지만 저러다 공이 더 뻗기라도 한다면 상상하고 싶지 않은 최악의 상황이 벌어질 것 같았다.

—타구가…… 계속 뻗어 나갑니다.

—잘 맞은 타구는 아니었는데요. 또다시 바람을 탄 것처럼 보입니다.

덩달아 양키즈 중계진의 목소리도 어두워졌다.

예상했던 것보다 타구가 워낙 높이 치솟은 터라 그 결말을 쉽게 장담하지 못했다.

하지만 다행히도 바람을 타고 밀려 나가던 타구는 워닝 트랙 근처에서 급격하게 고꾸라지더니 더스티 애클리의 글러브 속으로 빨려 들어갔다.

더스티 애클리는 재빨리 유격수에게 공을 던져 주자들의 추가 진루를 막았다.

그러는 사이 딜리아노 드실즈가 부지런히 걸음을 놀려 홈을 밟았다.

　3 대 1.

　고대하던 첫 득점을 올리긴 했지만 레인저스 더그아웃의 표정은 밝지 않았다.

　무사 만루 상황이 만들어질 때까지만 해도 다득점을 예상했는데 아웃 카운트 두 개와 맞바꾸어 겨우 한 점을 냈으니 손해처럼 느껴진 것이다.

　반면 조지 지라디 감독을 비롯한 양키즈 코칭스태프는 한정훈에게 박수를 보냈다.

　한 점을 내주긴 했지만 까다로운 추신우를 외야 플라이로 잡아낸 만큼 한 고비 넘겼다는 표정이었다.

　그렇게 양 팀의 희비가 엇갈리는 가운데 6번 타자 라이언 노아가 타석에 들어왔다.

　"조금 더 힘을 내."

　하리모토 쇼타는 기도하는 심정으로 중계 화면을 지켜봤다.

　2사 이후긴 하지만 라이언 노아는 만만한 상대가 아니었다. 레인저스에서 미래의 4번 타자로 점찍고 키우고 있는 전도유망한 타자였다.

어제 경기에서도 라이언 노아는 2루타 포함 3안타를 때려
내며 팀의 승리에 일조했다.

이런 타자에게 굳이 정면 승부를 걸 이유는 없었다.

"빠른 공은 안 돼. 저 녀석, 패스트볼 킬러라고."

잠시 2루를 견제하던 한정훈이 투구 동작에 들어가자 하
리모토 쇼타가 다급히 중얼거렸다.

그렇게라도 하면 한정훈이 자신의 조언대로 체인지업을
던져 줄 것만 같았다.

하지만 정작 한정훈의 손끝을 빠져나온 공은 순식간에 라
이언 노아의 몸 쪽을 파고들었다.

따악!

요란한 타격음과 함께 라이언 노아의 방망이가 매섭게 돌
아갔다. 그러나 낮게 깔려 나간 타구는 3루 베이스를 지나기
직전 파울 라인을 벗어나 버렸다.

"아오, 저 자식."

가슴을 쓸어내리던 하리모토 쇼타의 입에서 갑자기 욕지
거리가 터져 나왔다.

리플레이 화면으로 라인을 타고 흐르는 타구에 반응조차 하
지 못한 3루수 제이크 햄튼의 모습이 제대로 포착된 것이다.

―제이크 햄튼, 잠시 다른 생각을 했을까요?

-타구가 빠르긴 했지만 그렇다고 아무런 대응조차 하지 못했다는 건 아쉬운 플레이네요.

　-수비 위치부터 잘못 잡은 느낌입니다. 추가 실점을 막기 위해서 조금 더 라인에 붙어 설 필요가 있을 텐데요.

　-그 이야기를 양키즈 불펜에서 들은 모양입니다. 이제야 제이크 햄튼 선수의 수비 위치를 조정해 주네요.

　양키즈 중계진도 씁쓸함을 감추지 못했다. 트레이드 직후 첫 경기인 만큼 제이크 햄튼이 긴장하고 있다는 걸 모르지는 않지만, 이 정도 수비력으로는 스탈린 카이스트로를 대체할 기회조차 주기 어려워 보였다.

　"정훈, 몸 쪽 공은 자제해. 자칫 잘못하면 저 녀석이 모든 걸 망쳐 버릴지 모른다고."

　하리모토 쇼타가 불안한 얼굴로 주절거렸다.

　잡아당기는 데 능한 우타자 라이언 노아에게 몸 쪽 공을 구사하면 타구는 자연히 3루 쪽으로 치우칠 수밖에 없었다.

　그러나 한정훈의 손끝을 빠져 나온 공은 이번에도 라이언 노아의 몸 쪽을 향했다. 그리고 그 공을 라이언 노아도 놓치려 들지 않았다.

　따악!

　또다시 요란한 타격음이 울렸다. 뒤이어 중계 카메라가 하늘 높이 치솟은 공을 향해 고개를 쳐들었다.

"젠장할!"

하리모토 쇼타가 자리에서 벌떡 일어났다. 타구만 놓고 본다면 이대로 담장을 넘어가 버린다 해도 이상할 게 없었다.

하지만 다행히도 타구는 마지막 순간에 좌측 폴대 바깥으로 휘어져 나가 버렸다.

리플레이 화면으로 확인했을 때 타구와 폴대의 거리는 채 1미터도 되어 보이지 않았다.

"후우……."

하리모토 쇼타가 가슴을 쓸어내리며 자리에 주저앉았다.

만약 한정훈의 공이 조금만 더 가운데로 몰렸다면, 아니, 라이언 노아가 조금만 더 앞쪽에서 공을 때려냈다면 타구는 분명 폴대 안쪽으로 들어왔을 것 같았다.

─큼지막한 파울 홈런이 나왔습니다.

─이 경기를 지켜보고 계시는 팬들은 잠시 심장이 얼어붙었을 것 같습니다.

─저도 순간적으로 가슴이 철렁했습니다. 아닐 거라 생각하면서도 어쩌면 넘어갈지 모른다고 생각했거든요.

─저는 타이밍상 파울이 될 거라 예상하고 있었습니다. 다만 이 정도로 홈런에 가까울 줄은 몰랐습니다.

양키즈 중계진도 큼지막한 파울 홈런에 긴장감을 감추지 못했다.

레인저스 중계진은 한술 더 떠 이 파울 홈런이 한정훈의 정신력을 산산이 부숴 놓았다며 목소리를 높였다.

─어제 경기에서도 라이언 노아의 타석 때 큼지막한 파울 홈런이 나왔거든요.

─기억납니다. 에이그린 링컨과의 첫 타석 때였죠.

─맞습니다. 초구와 2구, 에이그린 링컨이 전력을 다해 던진 공이 전부 큼지막한 파울로 이어졌죠.

─그리고 그다음부터 에이그린 링컨의 제구가 급격하게 흔들렸고요.

─파울 홈런을 허용하면 투수들은 위축될 수밖에 없죠. 한정훈이라고 해도 예외일 수는 없을 겁니다.

─과연 양키즈의 에이스, 한정훈이 3구째 어떤 공을 던질지 궁금해집니다.

레인저스의 해설진의 기대 속에 한정훈과 아담 앤더슨이 사인을 주고받았다.

"패스트볼은 안 돼. 체인지업을 던져. 그게 싫으면 백도어 투심이라도 던지라고!"

하리모토 쇼타는 자신의 생각과 정반대로 투구하고 있는 한정훈에게 화가 났다.

한정훈의 투구 스타일을 모르지는 않지만 컨디션이 좋지 않은 상황에서 득점권에 주자를 두고 고집을 부리는 건 바보 짓이라고 여겼다. 하지만 한정훈은 마지막까지 하리모토 쇼타의 기대를 저버렸다.

잔뜩 기세가 오른 라이언 노아를 상대로 칠 테면 쳐 보라며 또다시 몸 쪽 패스트볼을 내던진 것이다.

후아앗!

바람 소리와 함께 날아간 공이 순식간에 홈 플레이트 앞에 도착했다.

그러나 라이언 노아는 미처 방망이를 내밀지 못했다.

설마하니 3구 연속으로 같은 코스에 같은 공이 들어 올 것이라고는 생각지도 못한 반응이었다.

퍼엉!

아무런 방해도 받지 않고 홈 플레이트를 스쳐 지난 공이 아담 앤더슨의 미트 속에 파묻혔다.

전광판 구속은 97mile/h(≒156.1km/h).

메이저리그에서도 첫 손에 꼽히는 패스트볼을 던진다는

한정훈의 공이 맞나 싶을 정도의 구속이었지만 라이언 노아는 고개를 절레절레 흔들며 타석에서 물러나야 했다.

"아무튼, 못 말린다니까."

무표정한 얼굴로 마운드를 내려가는 한정훈을 바라보며 하리모토 쇼타가 질렸다는 표정을 지었다.

같은 투수로서 이번 3구 승부는 과감하다 못해 무모하게 느껴졌다.

패스트볼에 강한 타자를 상대로 굳이 패스트볼 하나로 승부를 지을 필요가 있을지 의문이었다.

하지만 비판적인 머리와는 달리 가슴은 한정훈의 투구에 끌리는 모양이었다. 쿵쾅거리는 심장은 좀처럼 잦아들 생각을 하지 않았다.

"아니야. 저건 내 스타일이 아니라고."

하리모토 쇼타가 도망치듯 자리에서 일어났다.

한정훈을 동경하고 그를 목표로 삼긴 했지만, 무식해 보이기까지 한 피칭 스타일만큼은 결코 본받고 싶진 않았다.

그러나 2회 초 양키즈의 공격이 순식간에 끝나고 2회 말 레인저스의 공격이 시작되자 하리모토 쇼타는 언제 그랬냐는 듯 TV 앞에 엉덩이를 붙이고 앉았다.

그리고 한정훈의 투구 속으로 빨려 들어갔다.

81장
연패 스토퍼(2)

－한정훈, 혼신의 역투를 보여주고 있습니다.

　－정말 대단합니다. 컨디션이 좋지 않은 상황에서도 자신의 역할을 다하고 있습니다.

　양키즈 중계진의 칭찬과 독려 속에 한정훈은 6회를 마치고 마운드에서 내려왔다.

　피안타 5개, 사사구 2개, 탈삼진은 고작 5개.

　바로 어제까지 사이영상에 가장 가깝던 투수가 맞나 싶을 정도였다.

　게다가 3회에는 추가 점수까지 내줬다. 레인저스의 영리한 테이블 세터가 1회에 이어 3루수 제이크 햄튼을 집중 공략한 것이다.

선두 타자 딜리아노 드실즈가 기습 번트와 송구 실책을 묶어 단숨에 2루를 훔쳤다.

그리고 루그네스 오도어가 또다시 절묘한 번트 안타를 성공시키며 무사 1, 3루의 위기가 찾아왔다.

다행히 한정훈이 3번 타자 앨버스 앤드루스를 4-6-3 병살타로 유도하며 루상이 깨끗이 정리되었다.

그사이 3루 주자 딜리아노 드실즈가 두 번째로 홈을 밟으며 점수가 한 점 차이로 좁혀지긴 했지만, 그 이후로는 한정훈도 이렇다 할 위기를 허용하지 않았다.

레인저스의 선발 콜 헤먼스도 1회 때와는 전혀 다른 피칭으로 양키즈 타자들을 농락했다.

매 이닝 주자를 내보내면서도 특유의 제구를 앞세워 3개의 병살타를 솎아냈다.

덕분에 7회를 앞둔 시점에서 투구 수가 72구밖에 되지 않았다.

반면 한정훈은 평소보다 투구 수가 많았다.

82구.

평소와는 다른 컨디션.

구심의 까다로운 스트라이크존.

상대적으로 이득을 본 레인저스 타자들의 적극적인 대처.

이 모든 게 어우러진 결과였다.

"정훈, 오늘은 여기까지만 던지는 게 좋겠어."

코칭스태프와 의견을 조율한 조지 지라디 감독이 한정훈에게 다가와 말했다.

어지간하면 7번 타자부터 시작되는 7회 말까지 한정훈에게 맡기고 싶었지만 투구 수가 많다는 게 마음에 걸렸다.

"후우……."

통역의 말을 전해 듣는 한정훈의 입가로 무거운 한숨이 흘러 나왔다.

매번 투구 때마다 만족할 수는 없겠지만 오늘 경기는 정말이지 최악이었다. 악몽으로라도 다시 마주하고 싶지 않을 정도였다.

하지만 한정훈은 그런 속내를 끝내 되삼켰다. 여기서 감정을 폭발해 봐야 팀에 아무런 도움도 되지 않았다.

"다음 경기도 있으니까요. 너무 무리하지 않는 게 좋을 것 같습니다."

구단이 새로 구해 준 통역사도 한 마디 거들었다. 붉게 충혈된 그의 두 눈은 한정훈에 대한 연민으로 가득했다.

"알겠습니다."

한정훈이 마지못해 고개를 주억거렸다.

아직 한 이닝 정도 더 던질 체력은 남아 있지만 오늘은 불펜 투수들을 믿고 이쯤에서 물러나야 할 것 같았다.

"정훈! 잘했어!"

"걱정하지 마! 네 승리는 우리가 지킬 테니까!"

한정훈이 아이싱을 위해 더그아웃 안으로 들어가자 선수들이 한목소리로 소리쳤다.

만약 다른 이기적인 선수 같았다면 이 상황에서 결코 마운드에 오르려 하지 않았을 것이다.

제 몸만 아끼느라 팀 사정은 고려하지도 않은 채 경기가 끝날 때까지 의료진과 노닥거렸을 것이다.

하지만 한정훈은 제 컨디션이 아닌 상황에서도 팀을 위해 던졌다. 에이스로서 책무를 다하기 위해 무리를 해서 마운드에 올랐다.

비록 언어도 다르고 생김새도 다르고 문화도 달랐지만 양키즈 선수들은 어떻게든 한정훈을 승리 투수로 만들자고 다짐했다.

코칭스태프도 한 점의 리드를 마지막까지 잘 지켜내자며 선수들을 독려했다.

하지만 한정훈이 아이싱을 마치고 더그아웃에 돌아왔을 때는 전광판의 점수가 바뀐 상태였다.

3 대 3.

한정훈에 이어 마운드에 오른 델리 베타시스가 레인저스의 포수 브렛 차일드에게 기습적인 홈런을 허용한 것이다.

"미안해. 내가 너무 성급했어."

고개를 숙인 델리 베타시스를 대신해 아담 앤더슨이 사과를 했다.

투수가 홈런을 허용했다면 반은 포수의 잘못이었다. 투수가 사인을 무시하고 엉뚱한 공을 던지다 홈런을 맞았더라도 포수는 그 책임으로부터 자유로울 수 없었다.

"신경 쓰지 마. 나쁘지 않은 승부였어."

한정훈이 신경 쓸 것 없다며 피식 웃어 보였다.

홈런을 허용했으니 결과적으로 좋은 승부였다고 말하긴 어렵겠지만 아담 앤더슨은 브렛 차일드를 잡아내기 위한 공을 요구했고 델리 베타시스는 그 공을 던졌다.

적어도 누군가처럼 한정훈을 엿 먹이기 위해 농간을 부린 게 아니었다.

"아직 경기가 끝난 게 아니니까 정신 바짝 차려."

한정훈은 도리어 아담 앤더슨을 독려했다. 자신이야 마운드에서 내려왔지만 아담 앤더슨의 경기는 아직 끝나지 않았다. 양키즈가 점찍은 새로운 주전 포수로서 마지막까지 최선을 다해야 했다.

"후우, 알았어. 고마워."

아담 앤더슨도 멋쩍게 웃었다. 그러다 자신의 타석이 돌아
오자 방망이를 들고 더그아웃 앞쪽으로 나갔다.

그사이 한국인 통역사가 한정훈의 옆으로 다가왔다.

"괜찮으세요?"

"뭐가요?"

"오늘 승리요. 아깝게 날아갔잖아요."

통역사 레이 킴의 얼굴에는 안타까움이 가득했다. 누가 툭
하고 건들면 당장에라도 울음이 터져 나올 것만 같았다.

"괜찮아요."

한정훈은 피식 웃었다.

내심 아쉬운 마음이 없지 않았지만 예쁘장한 여자가 자신
보다 더 자신을 걱정해 주니 왠지 모르게 위로를 받은 기분
이었다.

"그런데 레이는 안 불편해요?"

"뭐가요?"

"여기요. 남자들밖에 없잖아요."

한정훈이 주변을 둘러보며 말했다.

그의 말처럼 더그아웃에서 여자라고는 레이 킴 한 명밖에
없었다.

레이 킴이 여성이라는 걸 드러내지 않으려고 일부러 펑퍼짐한 유니폼을 입고 있긴 하지만 그렇다고 해서 그녀의 특별함까지 전부 사라지는 건 아니었다.

그러자 레이 킴이 되레 너스레를 떨었다.

"저는 괜찮은데 다른 선수들은 좀 불편해하는 거 같아요."

레이 킴이 살짝 가슴을 내밀었다. 그러자 펑퍼짐했던 상의가 살짝 도드라져 보였다.

순간 한정훈은 큭 하고 웃음을 내뱉었다.

레이 킴에게는 미안한 일이지만 글래머러스한 미녀 리포터와 기자가 넘쳐나는 메이저리그에서 작고 아담한 체형의 레이 킴은 그리 주목받을 만한 스타일이 아니었다.

하지만 레이 킴은 당당했다. 게다가 약간 공주병 기질도 있었다.

"제가 말은 안 했는데 몇몇 선수가 저한테 눈웃음 보내는 거 알아요?"

"그야 더그아웃에 맘대로 드나드는 여자는 레이 한 명뿐이니까요."

"칫, 아니거든요? 저한테 관심 있는 거 맞거든요?"

"네, 네. 동양 여성의 신비한 매력에 잠시 홀린 거라고 치죠."

한정훈이 마지못해 고개를 끄덕거렸다.

마음 같아서는 레이 킴에게 호감을 보였다는 선수를 불러

삼자대면이라도 하고 싶었지만 이기던 경기가 동점이 되어 버린 상황에서 그럴 수는 없는 노릇이었다.

"그런데 한정훈 선수는 여자 친구 없어요?"

레이 킴이 다시 말을 붙였다. 여자 친구라는 말에 한정훈이 괜히 주변을 둘러봤지만, 그 누구도 한정훈과 레이 킴을 신경 쓰지 않았다.

"왜요? 구단에서 알아 오래요?"

한정훈이 혹시나 하는 마음에 물었다. 그러자 레이 킴이 기다렸다는 듯이 고개를 끄덕거렸다.

"그럼요. 설마 제가 한정훈 선수에게 관심이 있어서 물어 봤겠어요?"

"허······."

너무나도 솔직한 대답에 한정훈은 그저 헛웃음이 났다.

예의상으로라도 아닌 것처럼 둘러댈 수 있었겠지만, 미국에서 오래 살아서일까. 레이 킴은 지나치게 아메리칸 스타일이었다.

"뭐예요, 그 아쉬워하는 반응은? 저한테 관심 있어요?"

한정훈의 반응이 예상 밖이었던지 레이 킴이 짓궂은 표정을 지었다.

"그럴 리가요."

한정훈은 냉큼 고개를 저었다. 이 상황에서 아주 잠깐 관심이 있었다고 말하는 것도 우스운 노릇이었다.

"그럴 줄 알았어요. 하리모토 쇼타 선수가 한정훈 선수 이상형에 대해 다 말해줬거든요."

"쇼타가요?"

"네, 한정훈 선수는 여자 볼 때 하나만 본다고요."

"자, 잠깐. 그 녀석이 뭐라고 지껄였는지 알겠으니까 그만 말해요."

한정훈이 다급히 레이 킴의 말을 막았다. 여기서 더 이야기가 진행됐다간 자신만 이상한 사람이 될 것 같았다.

"왜요? 뭐라고 말한 거 같은데요?"

레이 킴이 슬쩍 입가를 비틀어 올렸다.

3 대 2로 앞서던 경기가 잠깐 사이에 3 대 3 동점이 됐을 때보다 더 당황해하는 한정훈을 보니 장난기가 돈 모양이었다.

하지만 한정훈은 더 이상 레이 킴에게 휘둘리고 싶지 않았다.

"나 이제 좀 쉴 거니까 말 시키지 마요."

한정훈이 그라운드 쪽으로 고개를 돌렸다. 기분 전환도 좋지만 레이 킴과 너무 오래 대화를 나눈 것 같다는 생각이 든 것이다.

그러나 코칭스태프로부터 가급적 한정훈과 많은 대화를

나누라고 주문을 받은 레이 킴은 이대로 대화를 끝낼 생각이 없었다.

"쳇, 치사해요."

"자꾸 그러면 남자로 통역 바꿔 달라고 할 거예요."

"와……! 지금 불쌍한 계약직 직원에게 갑질하는 거예요?"

"갑질은 무슨. 그런데 그런 말은 대체 어디서 들은 거예요?"

"왜 이래요? 저 이래 봬도 베이스 볼 파크 우수 회원이라고요. 한국에서 쓰는 표현들 전부 알고 있어요."

레이 킴이 당당하게 어깨를 펴며 말했다. 그 과정에서 또다시 펑퍼짐한 상의가 도드라졌지만 정작 레이 킴은 조금도 신경 쓰지 않았다.

"아, 네. 좋으시겠어요. 저는 명예 회원인데."

한정훈이 지지 않고 맞받아쳤다.

활동 정도에 따라 총 8단계로 나뉘는 베이스 볼 파크의 등급 중에서 명예 회원은 운영자 다음으로 높은 등급이었다.

반면 우수 회원은 반년 정도만 꾸준히 활동하면 누구나 얻을 수 있는 여섯 번째 등급이었다.

"그야 한정훈 선수라서 특별히 등급을 올려준 거잖아요."

"누가 뭐래요? 그냥 그렇다고요."

"쳇, 보기보다 속이 좁으시네요."

레이 킴이 입술을 삐죽거렸다.

그러는 사이 아담 앤더슨이 3유간을 꿰뚫는 안타를 때려냈다. 뒤이어 9번으로 타순이 변경된 로비 래프스나이더까지 중견수 앞에 안타를 쳐내며 분위기를 끌어올렸다.

2사 주자 1, 2루.

안타 하나면 점수가 날 수 있는 상황에서 제크 배니스터 감독이 마운드에 올랐다.
그리고 콜 헤먼스에게서 공을 건네받았다.

―콜 헤먼스, 8회를 끝내지 못하고 마운드를 내려갑니다.
―그래도 잘 던졌습니다. 7.2이닝 동안 무려 10개의 안타를 허용했지만 3실점밖에 하지 않았어요.
―사사구도 없었죠. 1회 초 채이스 해틀리의 홈런이 아니었다면 정말 어려운 경기가 됐을지도 모릅니다.

적장이지만 양키즈 중계진은 콜 헤먼스가 노장의 투혼을 보여줬다며 칭찬을 아끼지 않았다.
한정훈의 갑작스런 컨디션 난조를 떠나 콜 헤먼스의 노련한 피칭이 경기를 팽팽하게 만들었다는 것이다.
"확실히 대단한 투수야."

한정훈도 마운드를 내려가는 콜 헤먼스를 바라보며 혀를 내둘렀다.

83년생. 만으로 38세인 투수가 100개가 넘는 공을 던지며 마운드를 지킨다는 건 결코 쉬운 일이 아니었다.

유연한 투구 폼과 제구가 좋은 투수라 할지라도 철저한 자기 관리가 없었다면 젊은 선수들과 선발 경쟁에서 살아남지 못했을 것이다.

"그래도 한정훈 선수가 진 건 아니잖아요. 그러니까 기운 내요."

한정훈의 혼잣말을 들은 레이 킴이 위로하듯 말했다.

6회를 마치고 내려온 한정훈에 비해 8회까지 마운드에 오른 콜 헤먼스가 조금 더 강한 투수처럼 느껴질지는 모르겠지만 레이 킴의 생각은 달랐다.

누가 뭐래도 한정훈은 최고의 투수였다. 그렇지 않다면 잘 다니던 직장까지 때려치우고 통역사가 된 보람이 없었다.

"말이라도 고맙네요."

한정훈이 피식 웃었다.

입바른 소리이긴 했지만 자신을 위하는 레이 킴이 싫지 않았다.

틈만 나면 애정 어린 잔소리를 쏟아내는 전담의 김미영의 착한 버전을 보는 것 같았다.

"걱정 마요. 브라이언이 하나 때려줄 거예요."

그라운드를 바라보며 레이 킴이 확신에 찬 목소리로 말했다.

양키즈 데뷔 전부터 두 개의 안타를 때려낸 브라이언 리라면 이 상황에서 뭔가 해줄 것이라고 기대한 것이다.

'짜식, 잘생겼네.'

브라이언 리를 바라보며 한정훈이 쓴웃음을 머금었다.

자신보다 키는 작았지만 단단한 체형에 할리우드 배우를 연상시키는 외모는 확실히 눈길이 갔다.

바로 옆에서 레이 킴의 두 눈이 반짝거리는 것도 무리는 아니었다.

만약 브라이언 리 같은 타자를 상대팀 선수로 만났다면 한정훈은 인정사정 봐주지 않고 패스트볼을 내던졌을 것이다.

이유 따윈 없었다. 그저 잘생긴 선수들이 야구까지 잘하는 데 일조하고 싶지 않을 뿐이었다.

하지만 애석하게도 브라이언 리와 한정훈은 똑같은 핀 스트라이프를 입고 있었다.

"뭐라도 좋으니 하나 때려봐."

한정훈이 혼잣말처럼 중얼거렸다.

그 순간.

따악!

요란한 소리와 함께 브라이언 리가 방망이를 내던졌다.

쭉 뻗은 타구는 단숨에 외야로 날아갔다. 브라이언 리는 방망이를 든 채로 타구를 쳐다봤다.

반면 아웃 카운트 하나를 잡기 위해 올라왔던 신예 투수 지크 몬데스는 고개를 떨어뜨렸다.

"넘어갔다고?"

한정훈도 놀란 눈으로 몸을 일으켰다. 그러나 마지막 순간 힘을 잃은 타구는 워닝 트랙 앞에서 잡히고 말았다.

체이스 해틀리와 브렛 차일드의 타구를 홈런으로 만들어 준 바람이 이번에는 불지 않은 모양이었다.

"으앗! 말도 안 돼!"

홈런을 치고 들어온 브라이언 리와 손뼉을 마주치기 위해 유니폼에 손바닥을 열심히 문질러 댔던 레이 킴이 그대로 털썩 주저앉았다.

그리고는 나라가 망한 것 같은 표정을 지었다. 한정훈에게 처음 괜찮으냐고 물어봤을 때처럼 말이다.

'하마터면 속을 뻔했네.'

한정훈의 입가를 타고 쓴웃음이 번졌다.

하지만 그것도 잠시. 브라이언 리가 아쉬운 얼굴로 더그아웃에 들어오자 냉큼 표정을 바꿨다.

"아까웠어, 리."

한정훈은 진심으로 브라이언 리를 격려했다.

헬멧을 벗고 머리를 쓸어 올리는 모습이 정말로 영화배우 같아 보여서 잠시 미간이 찌푸려지긴 했지만 이내 웃으며 브라이언 리의 등을 두들겨 주었다.

"고마워, 정훈."

잠시 자책감에 빠져 있던 브라이언 리의 얼굴이 뭉클하게 변했다.

다른 선수도 아니고 팀의 에이스 한정훈에게 위로를 받았다는 사실만으로도 양키즈의 일원으로 인정받은 기분이었다.

그 모습을 지켜보던 조지 지라디 감독도 고개를 끄덕거렸다.

한정훈이 다소 부진한 투구에 신경질적으로 반응하면 어쩌나 걱정했는데 더그아웃에서도 에이스로서 제 역할을 다 해주고 있었다.

"에이스를 위해서라도 오늘은 꼭 이겨야겠어."

조지 지라디 감독이 마음을 다잡았다.

에이스가 등판한 경기가 동점 상황으로 변했지만, 더그아웃의 분위기는 나쁘지 않았다. 게다가 3연패 중이라 더는 물러설 곳도 없었다.

조지 지라디 감독은 벽에 붙은 선수 명단을 바라봤다. 양키즈에게 남은 공격 기회는 9회 초뿐이었다.

경기가 연장으로 간다면 추가로 기회를 얻겠지만 조지 지라디 감독은 가급적 정규 이닝에서 경기를 끝마치고 싶었다.

다행히도 9회 초 타순은 좋았다.

본래 1번 타자였던 비비 그레고리우스를 시작으로 중심 타선으로 이어졌다.

4번 타자 더스티 애클리와 5번 타자 채이스 해틀리의 타격감이 좋은 만큼 비비 그레고리우스가 출루만 해준다면 득점도 가능할 것 같았다.

문제는 3번 타자 제이크 햄튼이다. 수비는 말할 것도 없고 공격에서도 실망스러운 모습을 보여주고 있는 제이크 햄튼에게 또다시 기회를 줘야 할지 고민스러워진 것이다.

"제이크 햄튼 때문에 그러십니까?"

눈치 빠른 로비 토마스 벤치 코치가 슬그머니 다가와 물었다.

"9회에는 어떻게든 점수를 뽑아내야 해."

조지 지라디 감독이 에둘러 말했다.

브라이언 캐시 단장이 제이크 햄튼의 활약에 큰 기대를 하고 있다는 걸 모르지는 않지만 적어도 오늘 경기에서만큼은 더 이상 배려해 주기 어려울 것 같았다.

"비비 그레고리우스가 출루를 한다면 자연스럽게 교체하

는 게 좋을 것 같습니다."

로비 토마스 코치가 나직이 중얼거렸다.

괜히 섣불리 제이크 햄튼을 교체했다간 질책성이라는 느낌을 피하기 어려웠다.

"그게 좋겠어."

조지 지라디 감독도 고개를 끄덕였다. 확실히 곧바로 교체하는 것보다는 작전을 낼 상황에서 대타 카드를 쓰는 편이 나을 것 같았다.

하지만 경기는 조지 지라디 감독과 로비 토마스 코치의 생각대로 풀리지 않았다.

8회 말 레인저스의 공격은 잘 막아냈지만 9회 초 선두 타자로 나선 비비 그레고리우스가 초구를 건드려 투수 땅볼로 물러나고 만 것이다.

"후우……."

조지 지라디 감독이 무겁게 한숨을 내쉬었다. 아웃 카운트 하나가 아쉬운 상황에서 이대로 제이크 햄튼을 내보내기가 쉽지 않았다.

그때였다.

"감독님."

앨런 코크 타격 코치가 조지 지라디 감독에게 다가왔다.

"무슨 일이지?"

"제이크 햄튼에게 한 번 더 기회를 줘보십시오."

"……뭐?"

"여기서 제이크 햄튼을 바꾼다면 레인저스도 분명 투수를 교체하려 들 겁니다. 그럼 분명 이틀을 쉰 키오나 켈라가 나올 텐데 녀석을 상대로 안타를 뽑아내기란 쉽지 않을 겁니다."

"흠……."

조지 지라디 감독은 다시 고민에 빠졌다. 앨런 코크 코치의 조언처럼 100mile/h의 빠른 공을 던지는 키오나 켈라가 마운드에 오른다면 타자를 교체한다 해도 안타를 뽑아낼 가능성은 적었다.

"그럼 제이크 햄튼으로 밀고 나가 보시죠. 레인저스도 연장을 대비해야 할 테니 한 타자 정도는 더 믿고 맡기려고 할 겁니다."

로비 토마스 코치도 일리 있는 말이라며 앨런 코크 코치에게 힘을 실어줬다.

이틀 연속 등판으로 인해 최고 구속이 94mile/h(≒151.2km/h)에 그친 지크 몬데스와 제이크 햄튼의 대결을 지켜볼 것인가, 아니면 키오나 켈라를 공략할 것인가.

"잠시만."

쉽사리 결정을 내리지 못하던 조지 지라디 감독의 시선이 그라운드를 바라봤다.

때마침 레인저스 제크 배니스터 감독이 마운드로 오르고 있었다.

"레인저스가 선수를 치려는 모양인데."

조지 지라디 감독은 기다렸다는 듯이 제크 배니스터 감독에게 결정권을 넘겼다.

이 상황에서 제크 배니스터 감독이 제이크 햄튼을 겨냥해 우완 투수를 올린다면 자신도 그 우완 투수에 맞는 대타 카드를 쓰면 그만이었다.

하지만 제크 배니스터 감독은 골치 아픈 결정을 또다시 조지 지라디 감독에게 넘겨 버렸다.

교체할 것처럼 굴던 지크 몬데스를 그대로 내버려 두고 더그아웃으로 돌아온 것이다.

"제이크로 가지."

그 모습을 지켜보던 조지 지라디 감독이 어쩔 수 없다는 얼굴로 말했다.

그러자 앨런 코크 타격 코치가 냉큼 제이크 햄튼에게 다가가 뭔가를 주문했다.

"알겠습니다, 코치."

타석에 들어선 제이크 햄튼은 단단히 이를 악물었다.

직전 타석까지 3타수 무안타에 수비에서 실책성 플레이를 남발했으니 기가 꺾일 만도 했지만, 제이크 햄튼의 눈빛은 여전히 날카로웠다.

반면 지크 몬데스는 다소 지친 모습이었다. 연이은 등판으로 인한 피로가 뒤늦게 몰려온 것이다.

지난주 레인저스가 치른 여섯 경기 중 지크 몬데스는 네 경기에 등판했다.

4와 1/3이닝.

경기당 1이닝 정도에 불과했지만 지크 몬데스는 스스로 혹사당한다는 느낌을 지우지 못했다.

애당초 지크 몬데스는 쉽게 어깨가 풀리는 스타일도, 체력이 회복되는 스타일도 아니었다.

선발을 목표로 삼았다가 경쟁에서 밀리면서 불펜에 합류했을 뿐 평생 불펜 투수로 살고 싶은 마음도 없었다.

그런데 어제 25구를 던진 데 이어 오늘도 마운드에 올랐다.

투수 코치는 불펜 투수가 되기 위한 과정이라고 말했다. 하지만 지크 몬데스는 자신을 불펜 투수로 키우려는 구단의 결정이 이해가 가지 않았다.

"이러려고 메이저리그에 올라온 게 아닌데."

지크 몬데스의 입가를 타고 무거운 한숨이 흘러나왔다.

때마침 포수 브렛 차일드가 사인을 보내왔다. 바깥쪽을 파고드는 백도어 슬라이더.

"웃기고 있군."

지크 몬데스가 단호하게 고개를 저었다.

오늘 여러모로 죽을 쓰고 있는 루키에게 그렇게 까다로운 공을 던져 줄 이유는 없다고 여겼다.

잠시 고심하던 브렛 차일드가 재차 바깥쪽 사인을 냈다. 하지만 이번에도 지크 몬데스는 코웃음을 쳤다.

"더블 A에 있을 때는 내 공조차 받지 못한 녀석이 운 좋게 주전 포수가 됐다고 까불기는."

재작년까지만 해도 지크 몬데스는 브렛 차일드의 처지는 별반 다를 게 없었다.

굳이 따지자면 트리플 A에서 메이저리그 확장 로스터를 바라보는 지크 몬데스가 조금 더 가치 있는 유망주로 평가받았다.

지크 몬데스도 브렛 차일드를 자신의 경쟁 상대라고는 눈곱만큼도 생각하지 않았다.

그런데 작년 초 브렛 차일드가 시범 경기에서 맹활약을 펼치고 백업 포수로 레인저스에 합류하면서 상황이 변했다.

레인저스 구단은 탄탄한 수비 능력과 쏠쏠한 타격 능력을 갖춘 브렛 차일드를 주전 포수로 낙점했다.

외부에서 쓸 만한 포수를 영입하느니 내부 유망주에게 기회를 주는 게 낫다고 판단한 것이다.

그렇게 브렛 차일드는 올 시즌부터 주전 포수 마스크를 쓰게 됐다.

반면 선발 진입을 노렸던 지크 몬데스는 경쟁에서 밀려 불펜으로 내려왔다. 그리고 감독이 지시하면 언제든 마운드로 불려 나가는 신세로 전락했다.

"어쭙잖은 리드로 날 견제할 생각인가 본데 어림없다."

지크 몬데스는 자신이 원하는 사인이 나올 때까지 두 번이나 더 고개를 저었다.

그러다 몸 쪽 패스트볼 사인이 나오고서야 비릿하게 웃으며 고개를 주억거렸다.

"이딴 녀석 하나 잡는 데 겁을 먹으면 구단에서 날 뭐로 보겠어?"

지크 몬데스가 단단히 공을 움켜쥐었다. 그리고는 브렛 차일드의 포수 마스크를 향해 힘껏 공을 내던졌다.

후앗!

지크 몬데스의 손가락을 빠져나온 공이 빠르게 날아들었다.

그런데 몸 쪽으로 파고들어야 할 공이 살짝 몰리게 들어왔다. 게다가 다소 높기까지 했다.

'위험해!'

브렛 차일드가 평소보다 글러브를 더 앞쪽으로 내밀었다.

이런 실투성 공은 빨리 미트 속에 집어넣어야 마음이 편할 것 같았다.

하지만 홈 플레이트 코앞까지 날아왔던 공은 요란한 방망이 소리와 함께 순식간에 사라져 버렸다.

따악!

젖 먹던 힘까지 쥐어짜 내 방망이를 휘돌렸던 제이크 햄튼의 시선이 높게 치솟은 공을 좇았다.

처음에는 방망이에 묵직한 느낌이 남아 있어서 먹혔다고 생각했다. 하지만 타구는 좀처럼 떨어질 기미가 보이지 않았다.

오히려 바람을 타고 계속해서 뻗어 나가더니 기어코 담장을 넘겨 버렸다.

"제이크!"

"이 자식! 해냈구나!"

제이크 햄튼의 예상치 못한 홈런에 양키즈 더그아웃이 발칵 뒤집혔다.

반면 연장전에 대비했던 레인저스 더그아웃은 찬물을 끼

없은 것처럼 조용해졌다.

양키즈 에이스 한정훈을 상대로 어렵게 어렵게 여기까지 따라왔는데 승리의 여신이 마지막 순간에 레인저스의 손을 뿌리친 기분이었다.

"크아아!"

정신없이 다이아몬드를 돈 제이크 햄튼은 더그아웃에 들어와 크게 포효했다.

본래 루키가 때려낸 첫 홈런은 무반응으로 일관하는 게 메이저리그의 오랜 관습이었지만 양키즈 선수들은 너 나 할 것 없이 제이크 햄튼의 머리를 두들겨 주었다.

"잘했어, 제이크."

한정훈도 자리에서 일어나 제이크 햄튼에게 손을 내밀었다.

오늘 경기에서 패배하면 어쩌나 내심 걱정이 컸는데 제이크 햄튼의 홈런 덕분에 마음이 한결 편해진 기분이었다.

그러자 제이크 햄튼이 한정훈을 와락 끌어안았다. 그리고는 한정훈의 품에 안겨 한참 동안 눈물을 글썽거렸다.

"야, 인마. 난 이런 취향이 아니라고!"

당황한 한정훈이 제이크 햄튼을 떼어내려 애썼다.

가뜩이나 하리모토 쇼타와 한 데 엮여 이상한 오해를 받고 있는데 여기서 레퍼토리를 하나 더 추가할 생각은 추호도 없었다.

하지만 한정훈의 승리를 날려 버렸다는 자책감에 괴로워했던 제이크 햄튼은 한정훈을 놔주려 하지 않았다.

그리고 기자들은 이런 재미난 풍경을 놓치지 않았다.

82장
연패 스토퍼(3)

연장전까지 갈 것 같던 승부는 제이크 햄튼의 메이저리
그 첫 홈런에 힘입어 양키즈의 4 대 3 승리로 끝이 났다.

　승리 투수는 7회와 8회, 2이닝을 책임진 델리 베타시스가
차지했다.

　그리고 9회 말 마운드에 올라 아웃 카운트 세 개를 챙긴
아롤디르 채프먼이 시즌 4세이브째를 올렸다.

　경기 후 인터뷰에서 양키즈 선수들은 하나같이 수훈 선수
로 한정훈을 꼽았다.

　운 좋게 승리 투수가 된 델리 베타시스도 결승 홈런을 때
린 제이크 햄튼도 예외는 아니었다.

　심지어 제이크 햄튼은 자신의 1호 홈런 볼을 한정훈에게

선물로 주고 싶다고 말해 기자들을 포복절도하게 만들었다.

한정훈에게도 여느 때처럼 기자들이 몰려들었다.

"한정훈 선수, 기분이 어떤가요?"

"4승 도전에 실패했는데요. 아쉽지 않나요?"

"델리 베타시스 선수에게 하고 싶은 말 있나요?"

"제이크 햄튼 선수가 수비에서 실수를 많이 했는데요. 감독의 선수기용에 불만이 없습니까?"

"오늘 투구가 좀 부진했는데 어깨에 문제가 있는 거 아닌가요?"

기자들은 기삿거리를 뽑아내기 위해 한정훈에게 자극적인 질문들을 던졌다.

불펜의 방화로 승리를 날린 만큼 한정훈도 감정적으로 대응해 줄 것이라 여겼다.

하지만 한국에서의 프로 생활 20년 동안 충분히 내성이 쌓인 한정훈이 고작 그 정도 도발로 발끈할 리 없었다.

"팀이 승리해서 기분 좋습니다."

"개인 성적보다 팀이 우선이라고 생각합니다."

"델리 베타시스에게 불만 없습니다. 불펜은 어려운 자리입니다. 오히려 매번 팀이 어려울 때마다 묵묵히 제몫을 다해줘서 동료로서 고마울 따름입니다."

"다음번 등판 때 제이크 햄튼 선수가 또다시 3루 수비로 나선다 해도 전혀 상관없습니다. 설사 실책을 범해도 괜찮습니다. 아마 오늘처럼 시원한 홈런으로 절 승리 투수로 만들어줄 테니까요."

"어깨는 조금 뭉친 정도입니다. 어느 정도 어깨를 의식하며 공을 던졌기 때문에 평소보다 구속이 나오지 않았던 것 같습니다. 하룻밤 자고 나면 알겠지만 아마 별문제는 없을 거라고 생각합니다."

한정훈은 한국에서처럼 여론에 빌미를 주지 않았다.

기자들이 질려 버릴 만큼 뻔하고 모범적이며 재미없는 대답으로 일관했다.

"빈틈이 없네."

"한국에서 최고의 스타였잖아. 그때도 적잖게 시달렸을 테니 이 정도로는 눈 하나 까딱하지 않는 거지."

기자들은 한정훈의 능숙한 대응에 혀를 내둘렀다.

몇몇 기자가 부진한 투구를 꼬집으며 다시 한 번 도발해 봤지만, 한정훈의 강철 멘탈에 흠집을 내는 데는 실패했다.

그때였다.

"한정훈 선수! 아까 제이크 햄튼 선수와 찐하게 포옹하며 귓속말을 주고받았는데요. 무슨 이야기를 나눴습니까?"

어딘가에서 갑작스럽게 튀어나온 질문이 태연하던 한정훈을 당혹스럽게 만들었다.

"아무 이야기도 안 했습니다. 그리고 절대 포용한 거 아닙니다. 이거 장난치지 말고 제대로 통역해요. 알았죠?"

힘겹게 웃음을 참아내는 레이 킴을 향해 한정훈이 언성을 높였다. 그러자 기자들이 기다렸다는 듯이 눈을 반짝거렸다.

레이 킴이 뭐라고 해명하든 한정훈과 엮어 팔아먹을 만한 건수를 찾아낸 것이다.

"제대로 통역해도 별로 달라질 것 같지 않은데요?"

레이 킴의 입가를 타고 기어코 웃음이 번졌다. 그러면서 한정훈의 말을 전했으니 기자들의 귀에 들릴 리 없었다.

그 날 저녁.

메이저리그 언론들은 앞다투어 양키즈의 연패 탈출 소식을 전했다.

아울러 한정훈이 승리를 챙기는 데는 실패했지만, 에이스로서 양키즈의 5할 승률 복귀에 가장 큰 공을 세웠다고 평가했다.

메이저리그 전문가들도 레인저스 전에서 보여주었던 한정훈의 피칭을 결과만으로 폄하해서는 안 된다고 입을 모았다.

"한정훈은 제 컨디션이 아니었습니다. 패스트볼의 평균 구속이 96mile/h(≒154.4㎞/h)에 불과했고 전체적으로 공이 높게 형성됐습니다."

"확실히 평소처럼 마지막까지 공을 끌고 오지 못한다는 느낌을 받았습니다."

"구단 측에서는 가벼운 접촉 사고였다고 말했지만, 현장에서 들어온 제보는 제법 요란한 교통사고였다고 합니다. 한정훈이 안전띠를 착용했는지는 확인하지 못했지만 그렇다고 해서 사고의 여파를 피하기는 어려웠겠죠."

"그런데도 한정훈은 여전히 좋은 커맨드를 보여줬습니다. 특히나 중심 타선을 상대로 보여준 피칭은 인상적이었어요."

"제 생각도 같습니다. 제대로 맞은 타구는 단 하나뿐이었습니다. 그것도 실투에 가까운 공이었죠. 그 외의 안타들은 전부 번트나 코스가 좋은 것들이었습니다."

"메이저리그 데뷔 이후 가장 많은 피안타를 허용하고 가장 많은 점수를 내주긴 했지만 글쎄요. 한정훈의 컨디션을 떠나 3루수가 로비 래프스나이더였다면 어땠을까 하는 의문이 듭니다."

"어쨌든 결과만 놓고 봤을 때 레인저스도 한정훈을 무너뜨리는 데 실패했습니다."

"그것도 컨디션이 나빴던 한정훈을 상대했는데 말이죠."

"덕분에 양키즈는 한정훈이 등판한 네 경기에서 모두 연패를 끊어낼 수 있었습니다."

"그야말로 연패 스토퍼네요."

"연승은 잇고 연패는 끊는 것. 그게 바로 진짜 에이스가 해야 할 일이죠."

야구 전문가들은 한정훈이 선발 등판한 다섯 경기 중 가장 가치 있는 경기였다고 총평했다.

양키즈 팬들도 한정훈을 진짜 영웅으로 인정했다.

양키즈 홈페이지에서 진행된 MVP 투표에서 한정훈에게 91%의 몰표를 던진 것이다.

앞선 경기에서도 90% 이상의 득표를 쓸어 담긴 했지만, 한정훈이 메이저리그 데뷔 이후 가장 부진했다는 점에서 의미가 남달랐다.

양키즈 언론은 이 투표 결과 속에 한정훈을 인정하고 지지하는 양키즈 팬들의 마음이 담겨 있다고 평가했다.

하지만 한정훈은 팬들의 사랑에 제대로 내색하지 못했다.

믿었던 다나카 마스히로가 3차전에서 무너지면서 또다시 양키즈의 5할 승률이 무너졌기 때문이다.

최근 3년간 레인저스를 상대로 별다른 재미를 보지 못했던 다나카 마스히로가 명예 회복에 나섰지만, 결과는 좋지 않았다.

6이닝 11피안타 5실점.

전날 아쉽게 경기를 내준 것에 대한 분풀이라도 하듯 맹타를 휘두르는 레인저스 타선에 시종일관 끌려다녀야 했다.

양키즈 타선도 레인저스 선발 마틴 페레이즈를 맞아 5회까지 4점을 뽑아내며 분전했지만 이후 레인저스의 불펜에 막혀 단 한 개의 안타도 때려내지 못했다.

반면 양키즈 불펜은 두 점을 더 헌납하며 경기를 레인저스에게 완전히 넘겨 버렸다.

최종 스코어 7 대 4.

그렇게 홈 팀 레인저스가 위닝 시리즈를 가져갔다.

하루를 쉰 뒤 양키즈는 전통의 라이벌 레드삭스와의 3연전에 들어갔다.

양키즈 언론은 이번 보스턴 원정길이 쉽지 않을 것이라고 전망했다.

레드삭스에서 2, 3, 4선발인 데이브 프라이스–조 케인리–에딘 에스코바를 선발로 예고했기 때문이다.

반면 양키즈는 하리모토 쇼타 이외에는 내세울 만한 투수가 없었다.

당초 계획대로 하리모토 쇼타–루이스 세자르–한정훈으로 3연전을 치렀다면 위닝 시리즈도 노려볼 만했지만, 루이

스 세자르가 부상자 명단에 오르고 한정훈이 컨디션 조절 차
뉴욕으로 향하면서 개막 후 최악의 투수진으로 레드삭스를
상대하게 된 것이다.

양키즈는 투수 로테이션의 공백을 테너 제이슨과 에이그
린 링컨으로 대체하겠다는 뜻을 밝혔다.

그러나 지구 1위를 달리는 레드삭스를 상대로 루키 카드
가 통할 가능성은 희박하기만 했다.

기대 승수는 1승.

최악의 경우 3연패.

양키즈 언론은 이번 3연전에서 믿을 건 하리모토 쇼타뿐
이라고 말했다.

물론 상대 투수인 데이브 프라이스는 만만치 않았다.

2012년 아메리칸 리그 사이영상 수상자로 85년생임에도
유연한 투구 폼으로 아직 전성기 못지않은 공을 던지고 있
었다.

지난 시즌부터 에두아르 로드리게스에게 1선발 자리를 물
려주긴 했지만 레드삭스 팬들은 여전히 데이브 프라이스를
에이스로 여기고 있었다.

에두아르 로드리게스 역시 자신은 첫 번째 선발일 뿐이라

며 데이브 프라이스를 추켜세웠다.

데이브 프라이스의 올 시즌 성적은 3승 1패, 평균 자책점은 3.75로 조금 높은 편이었지만 최근 2경기에서 호투하며 상승세를 타고 있었다.

메이저리그 전문가들은 텍사스 원정 기간 동안 개인적인 휴가를 보낸 하리모토 쇼타의 컨디션이 최대 변수가 될 것이라고 점쳤다.

하리모토 쇼타의 경기력이 무뎌졌다면 데이브 프라이스가 무난한 승리를 따내겠지만 반대로 휴식의 효과를 본다면 팽팽한 투수전 양상을 띨 것이라고 내다봤다.

그러나 다행히도 하리모토 쇼타의 컨디션은 전문가들의 예상보다 훨씬 좋았다.

"으아, 모모코가 없으니 이제야 좀 살 것 같다."

마운드에 오른 하리모토 쇼타는 모모코에게 받았던 스트레스를 전부 풀어냈다.

레드삭스의 강타선을 상대로 7회까지 피안타 5개만 내주며 무실점으로 틀어막았다.

탈삼진은 11개. 메이저리그 데뷔 이후 처음으로 두 자릿수 탈삼진을 달성했다.

반면 레드삭스 선발 데이브 프라이스는 양키즈의 이적생들에게 당했다.

3회까지 9타자를 연속 범타로 돌려세웠지만 4회에 브라이언 리와 제이크 햄튼에게 연달아 2루타를 내주며 승기를 내주고 말았다.

이어 6회에도 제이크 햄튼에게 솔로 홈런을 허용하며 추가점을 내주었다.

6이닝 5피안타 2실점.

레드삭스 팬들은 기립 박수로 올드 에이스를 격려했지만 정작 데이브 프라이스는 더그아웃에 들어가서도 좀처럼 웃지 못했다.

양키즈 이적생들에게만 3안타를 허용했다는 자책감을 쉽게 떨쳐내지 못한 것이다.

2 대 0.

두 점차의 리드 속에서 하리모토 쇼타에 이어 마운드에 오른 멜런 스미스는 2사 후 솔로 홈런을 허용하며 한 점을 내주었다.

그러나 레드삭스 팬들이 바라던 역전승은 일어나지 않았다. 9회 말 아롤디르 채프먼이 레드삭스의 중심 타선을 전부 삼진으로 돌려세워 버렸기 때문이다.

　최종 스코어 2 대 1.

　라이벌 매치의 첫 경기를 양키즈가 챙겨갔다.

　4월 일정을 11승 11패, 승률 5할로 마친 양키즈는 아메리칸리그 동부 지구 3위 자리에 복귀했다.

　4위인 오리올스와의 승차가 반 경기밖에 나지 않았지만, 주요 언론들은 양키즈가 순항하고 있다고 높이 평가했다.

　메이저리그 사무국은 한국의 에이스가 양키즈를 침체에서 건져 냈다는 평가와 함께 한정훈을 4월의 아메리칸리그 MVP로 선정했다.

　5경기에 선발 등판해 4승, 탈삼진 64개, 평균 자책점 0.68

　실로 압도적인 성적이라 이견은 존재하지 않았다.

　양키즈가 언론의 주목을 받는 것에 샘이 난 레드삭스 언론은 4월의 양키즈가 순항했을지 몰라도 5월에는 절망으로 치닫게 될 것이라고 저주를 퍼부었다.

　그러면서 2차전이 그 시작이 될 것이라고 내다봤다.

　레드삭스의 2차전 선발 투수는 조 케인리. 88년생 우완 투수로 연평균 10승은 충분한 베테랑이었다.

　레드삭스 언론은 레드삭스가 2차전에서 압승할 것이라고 전망했다.

양키즈 언론도 승패보다는 5선발 후보이자 랜디 제이슨의 아들인 테너 제이슨의 피칭에 주목할 필요가 있다고 말했다.

하지만 한정훈으로부터 받은 자료를 바탕으로 일찌감치 컨디션 조절을 해왔던 테너 제이슨은 쉽게 무너지지 않았다.

1회 초 선두 타자 무키 베스에게 초구에 기습적인 홈런을 얻어맞을 때까지만 해도 레드삭스 언론의 저주가 실현되는 듯 보였다.

그러나 그 초구 홈런 덕분에 테너 제이슨은 정신을 차렸다. 그리고 백업 포수 저스틴 로마인과 호흡을 맞추며 6회까지 레드삭스 타선을 실점 없이 막아냈다.

6이닝 6피안타 1사사구 1실점, 탈삼진은 5개.

양키즈 스타디움이었다면 기립 박수를 받을 만한 피칭이었다.

테너 제이슨이 예상외로 호투를 펼치자 타자들도 힘을 냈다.

2회에 연속 안타로 한 점을 뽑아낸 뒤 4회와 5회 홈런포를 가동하며 3 대 1, 두 점 차이로 앞서 나갔다.

그러나 레드삭스도 당하고만 있지 않았다.

7회 말, 바뀐 투수 로이 스튜어트를 두들겨 단숨에 3점을 뽑아낸 것이다.

양키즈가 8회 초 2사 2, 3루 기회를 날려 버리자 레드삭스

파크에 모인 팬들은 승리를 확신했다.

9회에 수호신 그렉 킴브럴이 나오는 만큼 양키즈에게 더 이상의 기회는 없다고 여겼다.

하지만 믿었던 그렉 킴브럴이 경기를 날려 버렸다. 투 아웃을 잘 잡아놓고 3번 타자 제이크 햄튼에게 몸에 맞는 공을 내준 게 화근이었다.

뒤이어 타석에 들어선 4번 타자 더스티 애클리는 흔들리는 그렉 킴브럴의 초구를 그대로 잡아당기며 담장을 넘겨 버렸다.

5 대 4.

다시 한 점 차 리드를 되찾은 가운데 9회 말 양키즈의 아롤디르 채프먼이 마운드에 올랐다.

그렉 킴브럴이 두들겨 맞은 걸 두 눈으로 지켜봐서인지 아롤디르 채프먼은 평소보다 제구에 신경을 썼다.

투수들을 편안하게 해주는 리드로 정평이 난 포수 저스틴 로마인도 자신의 메이저리그 복귀전을 승리로 장식하기 위해 마지막까지 긴장감을 늦추지 않았다.

덕분에 아롤디르 채프먼은 레드삭스의 하위 타선을 삼자범퇴로 돌려 세우고 이틀 연속 세이브를 따낼 수 있었다.

[렌디 제이슨의 아들 테너 제이슨! 아버지의 명예를 지키다.]

[테너 제이슨, 메이저리그 복귀전에서 6이닝 1실점 호투!]

[양키즈, 레드삭스 잡고 2연승!]

[시리즈 스윕을 자신하던 레드삭스, 오히려 스윕을 당할 위기에 몰려.]

경기가 끝나자 양키즈 언론들은 기다렸다는 듯이 기사를 쏟아냈다.

1승도 어려울 것 같던 선발 로테이션으로 무려 두 경기를 잡아냈다. 그것도 라이벌 레드삭스를 상대로 말이다.

일부 언론들은 레드삭스 언론이 시즌 초 아롤디르 채프먼의 부진에 입방아를 찧었던 걸 고스란히 되돌려 주었다.

한 점 차 리드를 날려 버린 레드삭스의 그렉 킴브럴은 마무리 투수감이 아니라며 레드삭스에게 양키즈의 아롤디르 채프먼 같은 든든한 마무리 투수가 필요해 보인다고 비아냥거렸다.

"레드삭스 놈들, 아마 약이 바짝 올랐을걸?"

"이러다가 오늘도 이기는 거 아냐?"

"크크. 그렇게 되면 경기장에 폭동이 일어날걸?"

양키즈 팬들은 내심 시리즈 스윕을 바랐다. 그리고 그 기세를 몰아 양키즈가 레드삭스와 지구 우승 경쟁을 벌여주길 기대했다.

하지만 에이그린 링컨은 두 번째 메이저리그 선발 등판 경기에서도 기회를 살리지 못했다.

경기 초반부터 빠른 공이 통타당하면서 자신감을 잃은 패턴이 반복된 것이다.

3.1이닝 10피안타 5실점.

그나마 루상에 남겨놓은 주자들을 불펜 투수들이 잘 치워주면서 추가 실점은 면했지만, 그 정도 성적으로는 5선발 경쟁에서 살아남기 어려워 보였다.

"흠……."

고개를 숙인 채 자책하고 있는 에이그린 링컨을 바라보며 조지 지라디 감독이 나직이 신음했다.

그는 내심 에이그린 링컨이 5선발이 되길 바랐다. 키가 큰 좌완이라는 것도 마음에 들었고 최고 구속 98mile/h의 포심 패스트볼을 던진다는 것도 좋았다.

무엇보다 양키즈 팜에서 키운 선수였다. 에이그린 링컨을 5선발 자리에 끼워 넣는다면 어느 정도 성공적인 리빌딩이었다고 자평할 수 있을 것 같았다.

그러나 애석하게도 에이그린 링컨은 기회를 살리지 못했다.

트리플 A에서는 곧잘 던지다가도 메이저리그에 올리기만 하면 죽을 썼다.

재작년에도, 작년에도 조지 지라디 감독은 9월만 되면 에이그린 링컨을 메이저리그에 올려 기회를 주었다. 하지만 결과가 만족스럽지 않았다.

이번 시범 경기에서도 마찬가지.

한정훈과 하리모토 쇼타라는 감당하기 어려운 경쟁자들이 영입되는 상황에서도 좀처럼 메이저리그에서 살아남을 가능성을 보여주지 못했다.

이쯤 되면 포기할 만도 했지만 조지 지라디 감독은 에이그린 링컨이 늘 아쉬웠다.

하리모토 쇼타를 제외하고는 우완 일색이던 선발진을 볼 때마다 에이그린 링컨이 가장 먼저 떠오를 정도였다.

그래서 네이스 이볼디를 트레이드 시켰을 때 가장 먼저 에이그린 링컨을 메이저리그로 콜업했다.

그리고 승리도 중요하지만 자신감 있는 투구를 보여 달라고 직접적으로 요구했다.

에이그린 링컨이 패전 투수가 되더라도 경기 결과가 좋다면 뚝심 있게 5선발로 밀어줄 마음까지 먹었다.

하지만 에이그린 링컨은 두 경기 연속 실망스러운 피칭을 이어갔다. 빠른 공을 가지고서도 타자들을 압도하지 못했고

위기 때마다 흔들리는 모습을 보여주었다.

"아무래도 에이그린은 아직 준비가 덜 된 것 같습니다."

조지 지라디 감독의 고심이 깊어지자 눈치 빠른 로비 토마스 벤치 코치가 다가와 말했다.

조지 지라디 감독이 에이그린 링컨을 아끼고 있다는 사실을 모르지는 않지만 그렇다고 실력이 되지 않은 선수에게 무작정 기회를 보장할 수는 없는 노릇이었다.

다다음 주면 4선발 루이스 세자르가 복귀하게 된다.

생각보다 어깨 염증이 심하지 않았던 만큼 루이스 세자르는 복귀 후 곧바로 로테이션에 합류할 예정이었다.

그렇게 되면 5선발로 확정된 투수를 제외한 나머지 투수들은 마이너리그로 내려갈 수밖에 없었다.

그래서 로비 토마스 코치는 루이스 세자르가 돌아오기 전에 또 다른 가능성을 확인해 보길 바랐다.

양키즈 팜에는 메이저리그 승격을 목 빠지게 기다리는 유망주가 많았다.

테너 제이슨이야 한 차례 좋은 투구를 보여줬으니 다시 한 번 기회를 주는 게 옳겠지만 두 번이나 기회를 날려 먹은 에이그린 링컨의 자리는 다른 유망주에게 돌아가는 게 옳다고 생각했다.

"후우……."

조지 지라디 감독의 입가를 타고 무거운 한숨이 흘러나왔다.

로비 토마스 코치가 무슨 말을 하려는지 모르지는 않지만, 또다시 에이그린 링컨을 마이너리그로 내려보내야 한다는 게 마음에 걸렸다.

레드삭스전을 앞두고 조지 지라디 감독이 에이그린 링컨에 앞서 테너 제이슨에게 선발 기회를 준 이유는 간단했다.

에이그린 링컨을 보다 돋보이게 하기 위해서였다.

조지 지라디 감독은 테너 제이슨이 호투할 가능성은 없다고 판단했다.

랜디 제이슨의 아들이라고는 하지만 아버지의 야구 유전자를 제대로 물려받지 못한 불량품 같은 테너 제이슨이 양키즈라는 구단에 어울린다는 생각도 하지 않았다.

그래서 조지 지라디 감독은 일부러 테너 제이슨에게 기회를 주었다.

테너 제이슨이 예상대로 형편없는 투구를 선보이면 보란 듯이 마이너리그로 내려보낼 생각이었다.

하지만 희생양으로 삼으려 했던 테너 제이슨은 말도 안 되는 호투를 펼쳤다.

7이닝 1실점.

1회 말 피홈런이 없었다면 완벽했을 경기였다.

오죽했으면 악동 테너 제이슨을 영입한 건 멍청한 짓이라고 비난을 쏟아내던 양키즈 언론조차 테너 제이슨에게 다시 한 번 기회를 줘야 한다고 말을 바꿀 정도였다.

　이런 상황에서 테너 제이슨을 외면하기란 쉽지 않았다. 그렇다고 에이그린 링컨에게 만회할 기회를 빼앗고 싶지도 않았다.

　"한 번 더 기회를 주는 게 좋겠어."

　조지 지라디 감독이 한참 만에 입을 열었다. 이대로 에이그린 링컨을 마이너리그로 내려보내면 다시는 메이저리그에서 얼굴을 볼 수 없을 것만 같았다.

　"후우…… 알겠습니다."

　로비 토마스 코치가 이내 고개를 주억거렸다. 그리고는 에이그린 링컨에게 다가가 조지 지라디 감독의 뜻을 전했다.

　"그게 정말입니까?"

　에이그린 링컨이 눈을 똥그랗게 떴다. 이대로 마이너리그로 내려갈 것이라 예상했는데 설마하니 한 번 더 기회를 부여받을 줄은 몰랐다는 얼굴이었다.

　"그러니까 정신 바짝 차리고 레드삭스 선수들을 분석하라고. 알았어?"

　로비 토마스 코치가 한마디 보탰다. 선발 로테이션상 테너 제이슨과 에이그린 링컨은 다음번 등판에서도 레드삭스를 만나게 된다.

그렇다면 고개를 숙이고 자책하고 있을 여유가 없었다.

실제 테너 제이슨은 레드삭스와의 3연전 첫 경기 때부터 자그마한 수첩을 손에 쥔 채 뭔가를 열심히 메모하고 있었다.

로비 토마스 코치는 에이그린 링컨이 테너 제이슨의 열정을 절반이라도 본받길 바랐다.

하지만 에이그린 링컨은 로비 토마스 코치의 말을 한 귀로 흘려 버렸다.

레드삭스 선수들의 정보야 전략 분석팀에서 어련히 마련해 줄 터.

굳이 자신이 공부할 필요는 없다고 여겼다.

그보다는 메이저리그에서 살아남았다는 기쁨을 동료들과 함께 즐기느라 정신이 없었다.

"저 녀석은 글러 먹었네요."

하리모토 쇼타가 고개를 흔들었다.

백인에 나이도 어리고 체격도 좋으며 빠른 공을 던지는 좌완 투수라는 점까지 에이그린 링컨은 메이저리그 스타가 될 자질을 모두 갖췄다.

그러나 노력이 부족했다. 벽 하나만 넘으면 그토록 바라던 미래가 펼쳐질 텐데 그 벽을 넘을 생각조차 하지 못하고 있었다.

"처음 입단했을 때 너무 띄워줬어."

다나카 마스히로도 한숨을 내쉬었다.

양키즈에 입단했을 때부터 주변에서 양키즈의 미래를 책임질 투수라는 둥 앤디 패티스의 후계자라는 둥 떠들며 비행기를 태운 게 결과적으로 성장에 마이너스로 작용한 것 같았다.

"결국 5선발은 저 재수 없는 녀석이 되겠네요."

하리모토 쇼타의 시선이 에이그린 링컨을 지나 테너 제이슨에게 향했다.

딱히 인정하고 싶진 않지만 지난 경기에서 보여주었던 테너 제이슨의 피칭은 당장 5선발 자리를 차지해도 손색이 없었다.

"다음번 등판을 지켜봐야겠지만 지금으로써는 테너 제이슨이 될 가능성이 크겠지."

다나카 마스히로도 선선히 고개를 끄덕거렸다. 다른 걸 다 떠나 경기 결과만 놓고 보자면 5선발 경쟁은 끝난 것이나 다름없었다.

"누가 되어도 상관없으니 선발진이 빨리 안정됐으면 좋겠어요."

하리모토 쇼타가 불만스러운 표정을 지었다.

양키즈가 거둔 12승 중 하위 선발이 거둔 승수는 하나도 없었다.

한정훈이 4승, 하리모토 쇼타가 3승, 다나카 마스히로가 2승, 그리고 불펜이 3승.

오죽했으면 양키즈는 3선발 체제라는 우스갯소리가 나돌 정도였다.

하리모토 쇼타는 누구든 5선발 자리를 확실히 맡아서 선발진에 무게를 실어주길 바랐다. 그래서 한정훈의 어깨도 한결 가벼워지길 바랐다.

아직 시즌 초반인데도 양키즈의 한정훈 의존도는 심각한 수준이었다.

양키즈는 한정훈이 등판한 5경기에서 모두 이겼다. 반면 한정훈 이외의 투수가 등판한 18경기의 승률은 38.8%밖에 되지 않았다.

다행히도 지금까지는 한정훈이 에이스로서 흔들림 없는 모습을 보여주고 있지만 계속해서 과부하가 걸린다면 이야기는 달라질 수밖에 없었다.

제아무리 한정훈이라 하더라도 언젠가는 탈이 날 터.

그런 상황을 사전에 예비하기 위해서라도 다른 선발 투수들이 한정훈의 짐을 최대한 나뉘어야만 했다.

"다음 주면 결정이 나겠지."

다나카 마스히로는 그날이 멀지 않았다고 여겼다.

루이스 세자르가 돌아오고 테너 제이슨이 5선발 자리를 채운다면 최소한 시즌 초보다는 나은 선발 로테이션이 완성될 것이라고 내다봤다.

그러나 애석하게도 한정훈의 연패 스토퍼는 6월 중순까지 이어졌다. 루이스 세자르가 불펜 피칭 도중 또다시 부상을 당하면서 60일짜리 부상자 명단으로 옮겨간 것이다.

덕분에 에이그린 링컨은 추가로 네 차례나 더 선발 기회를 얻을 수 있었다.

하지만 행운은 거기까지였다. 단 한 경기도 5이닝을 채우지 못하고 강판당하며 조지 지라디 감독의 인내심을 바닥나게 만들었다.

강력한 5선발 후보였던 테너 제이슨도 첫 경기 때 보여줬던 퍼포먼스를 이어가지 못했다.

보스턴과의 홈경기 때는 6이닝 3실점으로 선방했지만, 로열스와의 홈경기에서는 4이닝 6실점으로 부진한 모습을 보였다.

이후 등판에서도 좋고 나쁘고를 반복하며 코칭스태프의 완전한 신뢰를 얻지 못했다.

에이그린 링컨을 대신해 메이저리그로 콜업 된 선수들의

실력도 형편없었다. 하나같이 경기 초반에 점수를 몰아서 내주며 경기를 망쳐 버렸다.

당연하게도 그들 중 누구도 추가적인 기회를 얻지 못했다. 오히려 경기가 끝나기가 무섭게 마이너리그 행을 통보받아야 했다.

덕분에 한정훈만 고생이었다.

매경기마다 상대 팀 에이스급 투수들과 맞붙는 것도 버거운데 엉망이 된 팀 분위기까지 수습하며 경기를 치르는 이중고를 겪어야 했다.

83장
복수는 나의 것(1)

4월에 한 경기뿐이던 한정훈의 노디시전 경기는 5월에 두 경기로 늘어났다.

　그리고 6월 로키즈 원정에서는 고산지대의 낯섦을 감당하지 못하고 시즌 첫 패까지 기록했다.

　4월 말 0.68을 기록했던 한정훈의 평균 자책점도 꾸준히 높아졌다.

　5월 6경기를 치르며 0.92로(5월 평균 자책점 1.13), 다시 6월 3경기가 끝난 시점에서 1.05로(6월 3경기 평균 자책점 1.56).

　메이저리그 전문가들은 메이저리그 각 구단이 한정훈에 대한 파악을 어느 정도 끝낸 만큼 시즌 초반의 압도적인 피칭을 다시 보여주기란 쉽지 않을 것이라고 입을 모았다.

아울러 6, 7월 경기력에 따라 한정훈과 양키즈의 시즌 성적이 결정될 것이라고 전망했다.

양키즈 구단은 한정훈이 분석 당한 사실은 인정하지만, 여전히 리그 최고의 투수라고 추켜세웠다. 그러나 그 정도로 실추된 한정훈의 자존심을 되살리기란 쉽지 않았다.

ㄴ로키즈전 봤지? 그게 바로 한정훈의 진짜 실력이야.

ㄴ맞아. 투수들의 무덤에 가니까 한정훈도 대단할 거 없더라고.

ㄴ무슨 헛소리를 하는 거야? 한정훈이 4월에 이어 5월 월간 MVP를 받은 거 몰라?

ㄴ그깟 월간 MVP가 뭐가 중요한데? 월간 MVP 마일리지를 쌓으면 시즌 MVP를 살 수 있다고 착각하고 있는 건 아니지?

ㄴ이쯤 되면 양키즈 녀석들이 매번 떠들어 대던 신인왕-MVP-사이영상 수상은 힘들어진 거 아냐?

ㄴ신인왕은 겨우 탈 수 있을지 몰라도 사이영상은 만만치 않을걸? MVP는 어림도 없고 말이야.

ㄴ한정훈의 치솟는 평균 자책점을 봐. 저러다 여름이 시작되면 폭망 할 거라고.

ㄴ다승 1위도 힘들어 보이고 그나마 두각을 보이던 탈삼

진도 확 줄어들지 않았나?

ㄴ4월까지만 해도 이닝당 1.6개였는데 이번 달에는 1.3개까지 떨어졌지. 이 페이스대로라면 8월 이후에는 이닝당 1개도 잡아내지 못할걸?

타 구단 팬들은 한정훈의 몰락이 머지않았다며 비아냥거렸다.

단순히 기록만 놓고 보자면 여전히 비교 대상을 찾기 어려울 만큼 빼어났지만, 경기가 거듭될수록 나빠져만 가는 각종 기록이 초반 반짝하다가 시즌 후반 자멸해 버린 투수들의 페이스와 다를 바 없다는 것이다.

하지만 양키즈 팬들은 예전처럼 쉽게 흔들리지 않았다.

ㄴ다른 구단 녀석들은 신경 쓰지 마. 한정훈을 갖지 못해 배 아픈 것뿐이야.

ㄴ한정훈의 기록을 봐! 아메리칸리그 다승 공동 2위에 평균 자책점 1위, 탈삼진 1위야. 그런데 이 정도로도 성에 안 차는 거야?

ㄴ부진, 부진 하는데 한정훈도 사람이야. 경기를 하다 보면 조금 부진할 수도 있는 거라고.

ㄴ한국과 메이저리그는 다르니까 장거리 비행이 익숙하지

않는 것이라고 생각해. 한정훈이 원정 경기에서 살짝 나쁜 이유는 그것뿐이야. 그는 여전히 104마일을 던지는 최고의 투수라고.

└양키즈는 한정훈이 등판한 14경기 중 13경기를 이겼어. 양키즈가 33승을 거뒀으니까 40%를 홀로 책임진 거라고. 이것 하나면 충분하잖아. 대체 무슨 말이 더 필요한 거야?

양키즈 팬들은 한목소리로 한정훈을 지지하고 응원했다. 그들 중 누구도 한정훈이 에이스로서 제 역할을 다해주고 있다는 사실을 부정하지 않았다.

물론 한정훈이 팀의 연패를 끊지 못했다는 점에 대해서는 아쉬움의 목소리도 적지 않았다.

로키즈전에서의 패배로 인해 아슬아슬하게 유지해 오던 5할 승률까지 무너지면서 양키즈는 33승 37패로 아메리칸리그 동부 지구 4위로 추락하고 말았다.

하지만 대다수 팬은 로키즈에게 패한 책임을 한정훈에게 물을 수는 없다고 입을 모았다.

└솔직히 말해서 로키즈전에서 진 건 병신 같은 타자들 때문이잖아.

└동감이야. 양키즈 타자들은 형편없었고 로키즈는 운 좋

은 홈런으로 한정훈의 승리를 앗아갔지.

└그 홈런은 쿠어 필드에서만 나올 수 있는 홈런이었다고. 양키즈 스타디움이었어 봐, 어림도 없었을걸?

└쿠어 필드 같은 데서 야구를 한다는 거 자체가 아이러니라니까.

└로키즈 녀석들, 운 좋게 이겨놓고 한정훈을 꺾었다고 까불던데 오늘 경기에서 자근자근 밟아버렸으면 좋겠어.

양키즈 팬들은 한정훈이 자신에게 첫 패배를 안긴 로키즈에 보란 듯이 복수해 주길 바랐다.

공교롭게도 로키즈-트윈스로 이어지는 원정 6연전이 끝난 시점에서 또다시 로키즈와의 홈 2연전이 잡혀 있었다.

부상으로 이탈했던 루이스 세자르가 돌아오면서 조지 지라디 감독은 선발 로테이션을 재편했다.

3선발이었던 하리모토 쇼타와 2선발 다나카 마스히로의 자리를 맞바꾼 것이다.

시범 경기에서 기대 이하의 모습을 보이던 하리모토 쇼타는 시즌이 거듭될수록 안정감 있는 피칭을 선보이며 구단을 미소 짓게 만들었다.

14경기에 등판해 8승 3패, 평균 자책점 2.76.

한정훈이 없었다면 아메리칸리그 신인왕을 노려봐도 충분한 성적이었다.

반면 다나카 마스히로는 5월 이후로 페이스가 주춤한 상태였다. 게다가 승운도 따르지 않아서 14경기에서 고작 5승밖에 거두지 못하고 있었다.

조지 지라디 감독은 전략적으로 4선발과 5선발의 순서도 맞바꾸었다.

좌완인 하리모토 쇼타가 2선발이 되면서 우완-좌완-우완의 순서가 된 만큼 좌완인 테너 제이슨을 다음 순번에 넣는 편이 상대 팀 타자들을 현혹시키는 데 유리하다고 판단한 것이다.

덕분에 5선발 경쟁에서 살아남은 테너 제이슨은 단번에 순위가 상승하는 행운을 누리게 됐다.

"이번 시리즈는 쿠어 필드가 아니라 양키즈 스타디움에서 열립니다. 쿠어 필드 특유의 홈런은 나오지 않을 겁니다."

조지 지라디 감독은 언론과의 인터뷰에서 로키즈와의 2연전을 전부 쓸어 담겠다고 자신했다.

로키즈에 연패를 당하면서 5할 승률이 무너진 만큼 로키즈를 잡고 다시 반등하겠다는 계산이었다.

다행히 선발 로테이션도 좋았다. 첫 경기에 에이스 한정훈이 나서고 그다음 경기에 2선발로 승격한 하리모토 쇼타가 대기 중인 만큼 연승의 가능성은 충분해 보였다.

[조지 지라디! 로키즈전 전부 잡겠다 선언!]
[한정훈-하리모토 쇼타. 양키즈 원투 펀치가 로키즈 사냥에 나선다!]

분위기를 반전시키고 싶어 하는 구단에 힘을 실어주기 위해 양키즈 언론은 앞다투어 조지 지라디 감독의 인터뷰를 기사화했다.
그러자 보스턴을 비롯한 경쟁 언론들이 기다렸다는 듯이 조롱 어린 기사들을 쏟아냈다.

[한정훈은 과연 로키즈를 만나 복수에 성공할 수 있을까?]
[로키즈의 막강 타선은 양키즈의 원투 펀치를 무너뜨릴 준비를 끝냈다.]
[양키즈 또다시 로키즈에 연패하면 조지 지라디 감독 해임될 것!]
[전문가들 로키즈는 한정훈의 천적, 한정훈 고전할 것이라 전망.]

"한정훈 안 보이지?"
"응, 못 봤어."
"레드삭스 놈들 기사 때문에 열 받은 거 아냐?"

"열 받을 만하지. 한 번 졌다고 패배자처럼 몰아가는데 누가 기분 좋겠어?"

"어쨌든 오늘은 한정훈을 건들지 않는 게 좋겠어."

"그래, 경기 끝날 때까지는 괜히 부딪치지 말자고."

양키즈 출입 기자들은 한정훈의 심기를 건드리지 말자고 뜻을 모았다.

시즌 첫 패배 이후 곧바로 같은 팀을 만나는 상황인 만큼 한정훈에게도 마음을 추스를 시간이 필요하다고 판단했다.

하지만 정작 한정훈은 한국에서 온 서재훈을 만나느라 정신이 없었다.

"여~ 홈런 공장장. 잘 있었냐?"

구단에서 마련해 준 회의실로 들어온 서재훈이 특유의 익살스러운 얼굴로 양팔을 벌렸다.

"내가 무슨 홈런 공장장이에요? 지금까지 두 개 맞은 게 전부고만."

서재훈의 등장에 자신도 모르게 몸을 일으켰던 한정훈이 미간을 찌푸렸다.

그러자 서재훈이 큭큭거리며 한정훈의 등을 때렸다.

"그러니까 잘 좀 해, 인마. 요즘 들어 공이 자주 몰려, 너."

"형도 쿠어 필드에서 던져 봤잖아요. 거기 이상하다니까요?"

"이상하긴 뭐가 이상해? 나는 잘만 던졌는데."

"거짓말하지 마요. 형도 쿠어 필드 첫 경기에서 7이닝 5실점 했잖아요."

"크흠, 누가 그래? 난 기억 안 나는데?"

한정훈이 정곡을 찌르자 서재훈이 괜히 헛기침을 내뱉었다.

모처럼 한정훈을 놀려먹을 거리가 생겼다고 좋아했는데 자신의 과거가 발목을 잡을 줄은 생각하지 못한 것이다.

하지만 한정훈도 절친한 서재훈의 커리어를 안줏거리로 삼을 생각은 없었다.

"그런데 뉴욕에는 왜 온 거예요?"

한정훈이 슬그머니 화제를 바꿨다. 지금쯤이면 한참 프로야구 해설을 준비해야 할 서재훈이 양키즈 스타디움에 나타났으니 반가움만큼이나 걱정이 앞섰다.

"짜식. 형 안 잘렸어, 인마."

한정훈의 속내를 읽은 서재훈이 피식 웃어 보였다.

타지에서 홀로 생활하면서도 오히려 형을 걱정해 주는 한정훈을 보고 있자니 괜히 마음 한구석이 뭉클해지는 기분이었다.

"너희 형수하고 애들하고 같이 여행 온 거야."

서재훈이 애써 감정을 되삼키며 말했다.

방송사에서 서재훈의 메이저리그 탐방이라는 프로그램을 기획한 터라 겸사겸사 가족들과 함께 뉴욕으로 건너온 것이다.

"아, 그래요? 그럼 진즉 말하죠."

"말하려고 했는데 요즘 분위기가 좀 그랬잖아."

"분위기가 왜요? 지난 경기 때문에 그래요?"

"아니, 너 강철 멘탈인 건 알 만한 사람은 다 아는 이야기고. 이 시기에 너 만나러 간다고 했다가 한국에서 욕을 바가지로 얻어먹을까 봐 그랬지."

　서재훈의 너스레에 한정훈도 슬쩍 입가를 비틀어 올렸다.

　고작 한 번 진 거 가지고 주변에서 지나치게 걱정을 해줘서 짜증이 나려던 차였는데 서재훈의 한마디에 체증이 가라앉는 기분이었다.

"괜히 물가도 비싼데 돈 쓰지 말고 우리 집에 있다 가요. 필요하면 언제든지 오라고 말했잖아요."

"그렇지 않아도 너희 형수랑 애들 너희 집에 있다."

"잘했어요. 덕분에 오늘 저녁은 포식하겠네요."

"그러니까 오늘 로키즈 제대로 밟아놔. 지난 경기처럼 어설프게 던지지 말고."

　서재훈이 다시금 잔소리를 늘어놓았다.

　한정훈이 원하는 즐거운 저녁 식사를 위해서라도 오늘 경기에서 다시 압도적인 모습을 보여줄 필요가 있었다.

"걱정 마요. 저 한정훈이에요."

한정훈이 자신만만한 얼굴로 말했다.

비록 지난 경기에서는 고산지대에 적응하지 못하면서 실투가 많았지만 양키즈 스타디움이라면 이야기는 달랐다.

원정보다 홈에서의 경기력이 좋은 만큼 이번 기회에 로키즈에게 진 빚을 이자까지 톡톡히 쳐서 갚아 줄 생각이었다.

"그건 그렇고 어깨는 확실히 괜찮은 거지?"

피식 웃던 서재훈이 민감한 주제를 꺼냈다. 그러자 한정훈이 기다렸다는 듯이 고개를 끄덕였다.

"물론이죠. 구속 보셨잖아요."

대외적으로 한정훈의 어깨는 완쾌된 상태였다.

레드삭스 전 이후 두 경기 정도 구속이 올라오지 않았지만, 이후로는 다시 104mile/h의 패스트볼을 던질 수 있게 됐다.

하지만 한정훈을 누구보다 잘 아는 서재훈의 눈은 속일 수가 없었다.

"구속은 잘 나오더라만 무브먼트는 시즌 초보다 별로잖아."

서재훈이 걱정스러운 얼굴로 한정훈을 바라봤다.

한정훈의 구위 하락이 일시적인 현상에서 끝났다면 좋았

겠지만 10경기가 지난 지금까지도 이어진다면 문제가 있다고 봐야 했다.

"그건 그렇긴 한데…… 날 좀 풀리면 좋아지겠죠."

아무렇지 않은 척 굴던 한정훈의 입가를 타고 무거운 한숨이 흘러나왔다.

그렇지 않아도 개막전 때의 투구 폼을 찾으려고 노력하고 있는데 좀처럼 나아지질 않고 있었다.

"구단에서는 뭐래?"

"일단은 조금 더 지켜보자는 입장이에요."

"하긴, 지금 공도 나쁘지 않으니까. 괜히 투구 폼을 건드렸다가 밸런스가 무너지기라도 하면 큰일이겠지."

"형이 보기에는 어때요? 심각해 보여요?"

한정훈의 시선이 서재훈에게 향했다.

은퇴 후 해설자로 활동하면서 서재훈은 피칭 분석 전문가로 이름을 높이고 있었다.

국내 투수들에게 족집게 강사 소리를 듣는 서재훈이라면 자신에게도 귀가 번쩍 뜨일 만한 조언을 해줄 것 같았다.

하지만 제아무리 서재훈이라 하더라도 한정훈의 투구 폼에 대해 왈가왈부할 수는 없는 일이었다.

"그 대답은 이 안에 있으니까 이거 봐라."

서재훈이 대답 대신 USB를 하나 꺼냈다.

"이게 뭐예요?"

"혁이 형이 너 주라더라."

"강혁 감독님이요?"

"그래, 나도 오면서 궁금해서 보긴 했는데 그거 보면 확실히 도움이 될 거다."

"……!"

한정훈은 USB를 단단히 움켜쥐었다. 그리고는 그대로 구석에 설치된 컴퓨터 앞으로 달려갔다.

USB 안에는 세 개의 동영상 파일이 담겨 있었다. 한정훈은 그중에서 1번이라고 쓰인 동영상을 열었다.

그러자 한정훈이 한국 프로야구에 갓 데뷔했던 시절의 투구 영상이 떠올랐다.

'이게 뭐야.'

한정훈의 눈동자로 얼핏 실망감이 스쳐 지났다.

자신의 투구 폼을 완성 시켜 준 강혁이라면 기술적인 조언을 해줄 거라 기대했는데 고작 이런 영상이 나오리라고는 생각지도 못한 것이다.

그러나 하이라이트 영상이 계속될수록 한정훈의 표정은 조금씩 진지해져 갔다.

그러다 연속 타자 세계 신기록과 한 경기 최다 탈삼진 기록을 동시에 세우던 경기에서 자신도 모르게 빙긋 웃고 말았다.

'진짜 저 때는 어떻게 저렇게 던졌지?'

신인 시절 한정훈은 지금처럼 압도적인 구위를 자랑하던 투수가 아니었다.

물론 그때도 160km/h에 달하는 빠른 공을 던지긴 했지만 구종이 단조롭고 완벽하게 손에 익지 않은 탓에 힘보다는 경험과 수 싸움으로 타자들을 상대하곤 했다.

그래서일까. 한정훈은 무의식중에 신인 시절의 활약상을 외면했다.

기술적으로 미완성된 시기였던 만큼 투수 4관왕은 물론 신인왕에 MVP까지 수상한 것도 다분히 운이 따른 결과라고 여겼다.

그런데 이제 와 다시 그 시절 영상을 보고 있자니 괜히 심장이 두근거렸다.

지금보다 느리고 무브먼트도 좋지 않은 공으로 타자들을 삼진으로 돌려세우는 루키 투수의 모습은 투박했지만 강렬했다.

때릴 테면 때려보라는 식의 배짱 있는 투구에 타자들의 방망이가 헛돌 때마다 손바닥이 축축하게 젖어 들었다.

그렇게 첫 번째 영상이 끝나자 곧바로 다음 영상이 재생됐다.

두 번째 영상의 시작은 아시안게임이었다.

대표팀 막내로 참가해 결승전에서 대한민국을 승리로 이끌었던 그 날의 기억이 한정훈의 심장을 더욱 격렬히 요동치게 만들었다.

뒤이어 아시아 시리즈와 한미 올스타전의 하이라이트 장면이 이어졌다.

애석하게도 동영상 속 자신을 닮은 투수는 104마일의 포심 패스트볼을 던지지 못했다.

하지만 그 투수는 거칠 게 없었다. 첫 번째 동영상보다 조금 더 다양해진 레퍼토리와 안정된 밸런스로 타자들을 유린하다시피 했다.

투수가 공을 던질 때마다 타자들은 하나같이 놀라거나 당황해했다. 그중 일부는 화를 냈다. 투수의 공을 충분히 공략할 수 있다며 사납게 으르렁거렸다.

하지만 타자 중 누구도 투수의 공을 시원시원하게 공략해 내지 못했다.

그 모습이 한정훈에게 많은 것을 느끼게 해주었다.

드르륵.

두 번째 영상이 끝나고 곧바로 세 번째 영상이 이어졌다.

동영상의 시점은 올림픽 결승전. 한정훈이 100마일의 벽을 무너뜨리며 J—스플리터를 장착한 이후였다.

최고 구속을 끌어 올린 한정훈은 그야말로 언터쳐블이었다.

100마일 시절의 한정훈도 감당하지 못하던 국내 타자들이 업그레이드가 된 한정훈을 당해낼 리 없었다.

퍼펙트게임.

퍼펙트게임.

그리고 퍼펙트게임.

평범한 투수들은 감히 꿈조차 꾸지 못한다는 대기록을 여러 차례 달성하면서 한정훈의 투구 스타일은 지금처럼 압도적으로 변했다.

하지만 한정훈은 앞선 두 영상을 볼 때처럼 웃지 못했다. 자신도 모르게 숫자의 노예가 되어 버린 자신을 발견했기 때문이다.

"후우……."

한정훈이 무겁게 한숨을 내쉬었다. 세 번째 영상이 끝날 때까지 강혁은 등장하지 않았다.

당연하게도 강혁의 전문적인 조언은 들을 수 없었다. 그러나 동영상을 보는 내내 한정훈은 강혁의 잔소리를 듣는 기분이었다.

"야구를 즐겨라."

    과거 한정훈이 스스로가 만든 한계에 부딪힐 때마다 강혁은 야구를 즐겨야 한다고 조언했다.

    하지만 그때는 솔직히 강혁의 말이 귀에 들어오지 않았다. 야구에 미쳐도 답이 없는데 즐기라는 건 적당히 타협하며 살라는 말처럼 느껴졌다.

    다시 고등학교 시절로 돌아와 강혁과 새로운 투구 폼을 만들 때도 강혁은 틈만 나면 야구를 즐기라고 말했다.

    투수가 공을 던지는 즐거움을 잊어서는 안 된다고 조언했다.

    내가 던진 공이 손끝을 빠져나가 어떤 결과로 이어지는 모든 과정을 즐기지 못한다면 정상에서 오래 버티지 못한다고 충고했다.

    그때도 강혁의 조언은 크게 마음에 와닿지 않았다.

    새로운 야구 인생을 살면서 예전보다 나은 투수가 되겠다고 다짐을 하긴 했지만 설마하니 이 정도로 대단해질 줄은 생각하지 못했기 때문이다.

    하지만 이제 와 강혁의 가르침을 곱씹어 보니 자신이 무엇을 놓치고 있었는지 어렴풋이 알 것 같았다.

    "좀 도움이 됐냐?"

동영상이 끝났는데도 자리에서 일어나지 못하는 한정훈을 향해 서재훈이 조심스럽게 입을 열었다.

만약 아직까지 한정훈의 고민이 풀리지 않았다면 형으로서 따끔하게 한마디 해줄 생각이었다.

그러나 뒤늦게 자리에서 일어난 한정훈의 표정은 더없이 홀가분하기만 했다.

"감독님께 시즌 끝나면 야구용품 한 보따리 싸서 간다고 전해주세요."

한정훈은 그 말을 남기고 방을 나섰다. 세 편의 동영상을 보느라 시간이 훌쩍 지난 것이다.

"짜샤! 잘해! 알았지?"

서재훈이 문밖까지 쫓아 나와 소리쳤다.

너무나 잘난 동생을 둔 그가 할 수 있는 거라고는 진심으로 응원하는 것뿐이었다.

"형수님한테 맛있는 음식 잔뜩 만들어 놓으라고 전해주세요!"

한정훈이 넉살을 떨었다. 농담이 아니라 오늘 경기가 끝나면 왠지 모르게 식욕이 폭발할 것만 같았다.

한정훈과 서재훈의 만남은 구단 직원을 통해 브라이언 캐시 단장에게 전해졌다.

"그래? 그랬단 말이지?"

브라이언 캐시 단장의 입가를 타고 안도의 미소가 번졌다.

그렇지 않아도 한정훈에게 너무 많은 짐을 지워 미안했는데 이제야 조금 마음이 편해지는 기분이었다.

"단장님께서 미스터 서를 초대했다는 사실을 알리는 게 낫지 않을까요?"

옆에 서 있던 에릭 지터가 넌지시 말했다.

브라이언 캐시 단장의 배려가 없었다면 서재훈이 갑자기 메이저리그 탐방이라는 프로그램의 진행자가 되지도, 사전답사라는 명목으로 양키즈 스타디움에 오지도 못했을 것이다.

하지만 브라이언 캐시 단장은 고개를 저었다.

"한정훈에게 감사 인사를 받자고 한 일이 아니야. 그저 한정훈에게 진 빚을 갚은 것뿐이라고."

빈말이 아니라 브라이언 캐시 단장은 기대 이상으로 에이스의 역할을 다해주고 있는 한정훈에게 늘 빚진 기분이었다.

냉정하게 말해 한정훈에게 양키즈는 최선의 선택이 아니었다.

타석에 들어선다는 불편함이 있더라도 만약 한정훈이 다저스에 갔다면 지금쯤 클레이튼 커셔와 함께 메이저리그 최강의 원투펀치를 구축하며 수월하게 승수를 챙기고 있었을 것이다.

팔자 좋게 월드 시리즈 타령이나 하며 말이다.

그러나 팀 전력이 형편없던 양키즈를 선택하면서 한정훈은 매 경기 필요 이상의 부담과 압박에 시달리고 있었다.

한정훈이 등판한 14경기 중 팀이 연패에 빠졌거나 연패 위기에 처한 게 무려 13번이었다.

한정훈 등판 직전에 양키즈가 승리를 거둔 적은 단 한 번도 없었다.

그럼에도 한정훈은 로키즈전에서 아쉽게 실패하기 전까지 한정훈은 12번 연속으로 양키즈의 연패를 끊으며 팀 분위기를 반등시켰다.

물론 양키즈도 한정훈을 거저 데려온 게 아니었다.

3억 8천만 달러라는 역대 최고 금액을 쏟아부은 만큼 한정훈에게 에이스의 역할을 요구할 권리는 있었다.

하지만 팀이 힘들다는 이유로 매 경기 호투를 강요하는 건 염치없는 짓이었다.

지난 경기까지 한정훈의 투구 이닝은 무려 111이닝에 달했다.

경기당 평균 7.92이닝.

선발로 마운드에 오를 때마다 거의 8이닝을 소화해 주었다.

완봉승 4경기를 포함해 완투만 6경기. 8이닝을 소화한 게

2번, 7이닝을 던진 게 5번이었다.

6이닝 이하의 피칭을 한 건 문제의 레인저스 원정 때뿐이었다.

이 정도면 솔직히 혹사당하고 있다고 봐도 할 말이 없었다.

실제 메이저리그 다른 구단들의 에이스들은 최상의 경기력 유지를 위해 이닝과 투구 수 관리를 받고 있었다.

한정훈의 등장 전까지 메이저리그 최고의 투수로 평가받았던 클레이튼 커셔 역시 예외는 아니었다.

그러나 한정훈은 양키즈로부터 이렇다 할 관리를 받지 못했다. 아니, 정확하게 말해 관리를 해줄 수가 없었다.

불펜은 지쳐 있고 타자들의 방망이는 물러터진 상황에서 양키즈가 믿을 수 있는 건 오로지 한정훈밖에 없었다.

오죽했으면 레드삭스 언론에서조차 한정훈에게 휴식이 필요해 보인다고 조언을 할 정도였다.

한정훈의 피칭이 예전만 못하다는 비아냥거림이 주된 맥락을 이루었지만 라이벌 구단 측 언론에서조차 홀로 고군분투하는 한정훈을 안쓰럽게 여겼다.

하지만 정말로 한정훈에게 휴식을 주기에는 양키즈의 처지가 옹색했다.

승률 5할을 유지하며 포스트시즌 진출을 넘봤던 양키즈는 현재 지구 4위로 추락한 상태였다.

1위 레드삭스와의 승차는 10경기. 2위 블루제이스와 3위 오리올스와도 제법 승차가 벌어져 있었다.

여기서 확실한 1승 카드인 한정훈을 제외하고 잔여 전력만으로 승차를 줄인다는 건 결코 쉽지 않은 일이었다.

그래서 브라이언 캐시 단장은 고심 끝에 한정훈이 평소 멘토라 칭하던 서재훈을 뉴욕으로 초대했다.

오랜만에 만난 멘토와 시간을 보내다 보면 한정훈도 마음의 부담감에서 조금은 벗어날 수 있을 거라 여겼다.

그리고…… 다행히도 결과는 좋아 보였다.

물론 아직 경기는 시작조차 하지 않았으니 성패를 논하기에는 일렀다.

하지만 브라이언 캐시 단장은 오늘 경기에서 4월의 압도적이었던 한정훈을 볼 수 있을지도 모른다는 기대감에 빠져 있었다.

'한정훈이 잘 던져 줘야 할 텐데.'

묵묵히 브라이언 캐시 단장을 바라보던 에릭 지터의 시선이 텅 비어 있는 마운드로 향했다.

그렇게 양키즈와 로키스의 시즌 3차전이 시작됐다.

84장
복수는 나의 것(2)

ㅡ드디어 양키즈 스타디움으로 돌아왔습니다.

　ㅡ그렇네요. 양키즈 스타디움이네요. 정말 그리웠습니다.

　ㅡ고작 원정 6연전을 마치고 돌아온 건데 말이죠.

　ㅡ그 이야기는 하지 말아요. 잊고 싶은 과거니까요.

　양키즈 중계진에게 향수병을 불러일으켰을 만큼 지난 원
정 6연전의 결과는 참담했다.

　로키즈전 2연패. 트윈스전 1승 3패.

　5할 승률을 유지하며 아메리칸리그 동부 지구를 뜨겁게

달궈놓았던 팀이 맞나 싶을 만큼 무기력한 결과였다.

6연전에 등판한 여섯 명의 투수 중 승리를 거둔 건 하리모토 쇼타뿐이었다.

믿었던 에이스 한정훈도 노련한 다나카 마스히로도 팀의 패배를 막지 못했다.

오죽했으면 양키즈 언론이 원정 6연전을 재앙이라고 표현할 정도였다.

하지만 중계 카메라에 비친 마크 앨런-호르에 포사다 콤비의 표정은 생각보다 밝았다.

-오늘의 선발 투수는 양키즈의 에이스, 한정훈입니다.

-정말이지 오늘을 기다렸습니다. 지난번 경기는 정말 화가 날 만큼 아까웠으니까요.

-인정하고 싶지 않지만, 한정훈의 시즌 첫 패배였는데요.

-아무래도 쿠어 필드가 낯설었겠죠. 게다가 로키스는 내셔널리그 팀이니까요.

-지난 다이아몬드 백스전 때도 그랬지만 한정훈은 타석에 들어가는 걸 별로 좋아하지 않는 것 같은데요.

-한정훈과 이야기한 바로는 타석에 들어서는 것보다 피칭을 마치고 더그아웃에서 호흡을 가다듬으며 다음 이닝을 준비하는 게 마음이 편하다고 합니다.

─아마 대부분의 투수가 한정훈과 같을 것이라고 생각합니다.

─실제로 그렇습니다. 타격 능력이 좋은 투수들조차 타석에 서는 걸 꺼려 하는 경우가 많습니다.

─부상의 위험 때문인가요?

─그런 것도 있지만 아무래도 흐름이 깨지겠죠. 타석이라는 이질적인 공간에 들어갔다 나오면 마운드가 낯설어질지도 모르니까요.

─게다가 한정훈은 지난 경기에서 사사구를 2개나 얻어냈는데요.

─3회에는 선두 타자로 나와서 사사구를 얻어냈고 5회에는 1사 이후에 사사구를 얻어냈습니다.

─투수가 투수에게 사사구를 내준다는 것도 흔치 않은 일이지 않을까요?

─하하. 그 점에 대해서는 노코멘트 하겠습니다. 다만 한정훈이 출루를 한 다음 이닝에 피안타와 피홈런을 허용했다는 게 안타까울 뿐입니다.

─어쨌든 오늘 경기는 양키즈 스타디움에서 열리는 만큼 한정훈이 타석에 들어설 일은 없겠네요.

─네, 그리고 오늘 경기가 끝나면 로키스 선수들이 한정훈을 보며 히죽거리는 일도 없어질 겁니다.

호르에 포사다는 오늘 경기에서 한정훈이 좋은 경기력을 보여줄 것이라 기대했다.

단순히 에이스를 향한 기대만은 아니었다. 한정훈이 원정보다 홈에서 훨씬 더 잘 던졌기 때문이다.

개막전을 포함 홈 7경기 성적은 7승에 평균 자책점 0.46에 달했다.

반면 원정 경기 성적은 홈경기만 못했다. 7경기에 3승 1패 평균 자책점 1.70.

원정 경기 성적도 수준급이긴 했지만 홈경기의 압도적인 느낌과는 다소 거리가 있어 보였다.

로키스 중계진도 한정훈이 홈에서 강한 만큼 앞선 경기보다 신중하게 공략해야 할 필요가 있다고 말했다.

하지만 윌트 와이스 로키스 감독을 비롯한 선수들은 하나같이 자신만만한 표정이었다.

연평균 7천 달러를 받으며 화려하게 데뷔한 한정훈을 처음으로 무너뜨렸으니 자신감이 지나치다 못해 넘쳐흐를 정도였다.

"이봐, 칠리. 누가 홈런 치나 내기할까?"

"홈런 내기 좋죠. 내가 이기면 저 배트 줘요."

"이거? 이건 안 돼. 내 이니셜이 새겨진 배트라고."

"그깟 이니셜이야 또 새기면 되는 거잖아요. 대신 내가 지면 그토록 탐내던 이 글러브를 주죠."

"흠…… 글러브라. 구미가 당기는데?"

칠리 블랙번의 새 글러브를 유심히 살피던 카를로 곤잘레스의 시선이 이내 낯선 선글라스를 쓴 사내에게 옮겨졌다. 그리고는 기다렸다는 듯이 사내에게 말을 걸었다.

"놀란! 그 선글라스 뭐야? 못 보던 건데?"

"이거요? 그냥 선물 받은 거예요."

"그럼 너도 이리 와. 홈런 내기하자."

"고작 이것 때문에요? 나 참. 필요하면 카를로 가져요. 별로 비싼 것도 아니니까."

"아니야. 그럴 순 없지. 정정당당하게 내기를 해서 이긴 사람이 전부 가져가자고. 나는 저 배트, 칠리는 글러브, 너는 선글라스. 여기 혹시 이 내기에 끼고 싶은 사람 있어? 있으면 빨리 물건을 들고 오라고!"

카를로 곤잘레스가 소리치자 홈런깨나 친다는 선수들이 너 나 할 것 없이 관심을 보였다.

하지만 정작 가장 유력한 우승 후보인 놀란 아레나스는 자신이 쓰고 있던 선글라스를 카를로 곤잘레스에게 넘겨준 뒤 이내 몸을 돌려 버렸다.

내기 같은 걸 즐기지도 않지만, 고작 한 경기 이겼다고 한정훈을 5선발급 투수 취급하는 분위기 자체가 마음에 들지 않았기 때문이다. 하지만 그렇다고 해서 팀의 분위기에 찬물을 끼얹을 수는 없는 노릇이었다.

'나라도 정신 차리자.'

연습 피칭을 시작한 한정훈을 바라보며 놀란 아레나스가 타이밍을 맞춰 방망이를 휘둘렀다.

후웅! 후웅!

놀란 아레나스의 스윙 소리가 매섭게 경기장을 울렸다. 자연스럽게 한정훈의 입가에도 짓궂은 웃음이 번졌다.

"뭘 벌써 열을 내고 그래? 경기는 이제 시작인데."

지난 로키스 원정에서 한정훈은 피홈런 포함 5개의 안타와 1개의 사사구를 허용했다.

하지만 그중에서 로키즈의 간판타자인 놀란 아레나스에게 내준 건 하나도 없었다.

첫 타석 삼진. 두 번째 타석도 삼진. 세 번째 타석은 내야 플라이.

컨디션이 좋지 않은 상황에서도 한정훈은 놀란 아레나스만큼은 철저하게 틀어막았다.

그 결과 놀란 아레나스는 팀의 기념비적인 승리 앞에서도 고개를 들지 못했다.

'오늘은 기필코 때려낸다.'

한정훈의 시선이 느껴지자 놀란 아레나스가 질근 입술을

깨물었다.

한정훈에게 지나치게 약한 모습을 보인다는 여론을 불식시키기 위해서라도 오늘 경기만큼은 결코 그냥 물러날 생각이 없었다. 하지만 독이 바짝 오른 건 시즌 첫 패배를 당하며 자존심을 구긴 한정훈도 마찬가지였다.

게다가 오늘 경기장에는 서재훈이 와 있었다. 경기가 끝나고 함께 식사해야 할 텐데 식사 내내 잔소리를 듣고 싶은 마음은 눈곱만큼도 없었다.

"미안하지만 오늘 네가 주목을 받을 일은 없을 거야. 그러니까 일찌감치 포기해라."

한정훈은 놀란 아레나스에게서 시선을 거뒀다. 그리고 대기 타석에서 히죽거리고 있는 필 존스를 바라봤다.

재작년 혜성처럼 등장해 로키스의 리드오프 자리를 꿰찬 필 존스는 로키스가 키우는 새로운 스타였다.

간결하고 빠른 스윙에서 나오는 정확한 타격 능력과 넓은 수비 범위, 수준급 주력, 거기에 완벽한 팬 서비스까지. 필 존스는 메이저리그 스타플레이어에게 필요한 대부분의 재능을 갖췄다.

여기에 다소 아쉬운 장타력만 보강된다면 놀란 아레나스의 인기를 뛰어넘었을 것이라는 게 메이저리그의 중론이었다.

올 시즌 활약도 나무랄 데가 없었다. 팀의 1번 타자로 전 경기에 출장해 3할 4푼 5리라는 고타율로 팀 공격을 주도하고 있었다.

도루도 17개나 기록했고 64득점을 올렸다. 장타 능력도 향상되어 전반기가 끝나지 않는 시점에서 벌써 7개의 홈런포를 쏘아냈다.

지난 경기에서도 필 존스는 한정훈을 상대로 1개의 안타와 1개의 사사구를 얻어내며 맹활약했다.

특히나 세 번째 타석에서 얻어낸 사사구는 압권이었다. 투 스트라이크 노 볼 상황에서 무려 5개의 파울 타구를 만들어내며 한정훈의 평정심을 무너뜨린 뒤 유유하게 1루 베이스를 밟았다.

그것으로도 모자라 2루까지 훔쳐내며 한정훈의 신경을 벅벅 긁어댔다.

덕분에 로키스는 메이저리그 구단 최초로 한정훈을 잡아내는 쾌거를 이루었다.

그날의 기억이 아직 생생한 것일까.

"이봐, 슈퍼 루키. 오늘도 좋은 공 던져 달라고."

한정훈의 연습 투구가 끝나자 필 존스가 자신만만한 얼굴로 타석에 들어섰다.

"재수 없는 자식."

한정훈이 눈매를 일그러뜨렸다.

필 존스에게는 지난 경기가 평생 기억하고픈 즐거운 추억일지 몰라도 한정훈에게는 자다가 이불을 걷어차게 만드는 악몽이나 마찬가지였다.

하지만 그렇다고 해서 필 존스와의 재회가 싫진 않았다. 오히려 기다리던 바였다.

지난 경기에서는 3루수는 제이크 햄튼이 담당했지만, 오늘 경기는 달랐다.

수비 실력만큼은 최고로 평가받던 마르쿠스 키엘이 자세를 낮춘 채 필 존스를 주시하고 있었다.

'좋아. 그럼 이제 복수를 시작해 보실까?'

한정훈의 시선이 필 존스를 지나 아담 앤더슨에게로 옮겨 갔다. 그러자 아담 앤더슨이 기다렸다는 듯이 바깥쪽 포심 패스트볼을 요구했다.

'초구부터 바깥쪽이라.'

한정훈의 입가를 타고 쓴웃음이 번졌다. 포심 패스트볼의 무브먼트가 예전만 못해서인지 아담 앤더슨이 요즘 들어 자주 바깥쪽 공을 요구하고 있었다.

그러나 한정훈은 아담 앤더슨을 탓하지 않았다. 오히려 아담 앤더슨에게 신뢰를 주지 못한 스스로를 질책하고 반성했다.

'좋아, 마누라. 내 공이 어떤지 잘 받아보라고.'

가볍게 고개를 끄덕인 뒤 한정훈이 길게 숨을 골랐다. 그리고는 아담 앤더슨의 미트를 향해 있는 힘껏 공을 내던졌다.

후아앗!

한정훈의 손가락을 빠져나온 공이 순식간에 홈 플레이트를 향해 날아들었다.

코스를 확인한 필 존스가 다급히 방망이를 내밀어 봤지만, 공은 그보다 한발 앞서 홈 플레이트를 꿰뚫고 아담 앤더슨의 미트에 처박혔다.

퍼어엉!

묵직한 포구음과 함께 아담 앤더슨의 눈이 번쩍 뜨였다. 그러더니 재빨리 마스크를 벗어 던지고는 한정훈을 향해 크게 소리쳤다.

"나이스 볼! 진짜 최고다, 너!"

아담 앤더슨은 당장에라도 마운드로 뛰어 올라가고 싶었다. 마운드에 가서 미트를 벗고 자신의 욱신거리는 손바닥을 보여주고 싶었다.

하지만 신인 포수가 호들갑을 떠는 걸 용납해 줄 만큼 메이저리그는 너그럽지 않았다.

"마스크 써. 경기 시작부터 뭐 하는 거야?"

구심이 아담 앤더슨에게 주의를 주었다. 아담 앤더슨이 무엇 때문에 신이 났는지 대충 짐작은 가지만 그렇다고 해서 불필요한 행동까지 이해해 줄 마음은 없었다.

"네, 죄송합니다."

아담 앤더슨이 히죽 웃으며 떨어진 마스크를 뒤집어썼다. 그리고는 보란 듯이 필 존스의 몸 쪽으로 붙어 앉았다.

"이 자식이!"

초구를 멍하니 지켜만 봐야 했던 필 존스의 눈매가 다시 날카로워졌다.

한정훈의 공이 지난 경기 때보다 매서워진 건 사실이었지만 그렇다고 해서 자신을 이런 식으로 조롱하는 건 결코 참을 수가 없었다.

로키스 해설진도 루키 포수의 건방진 도발에 불편함을 드러냈다.

－아담 앤더슨, 몸 쪽 공을 요구할 것 같은데요.

－이 상황에서 몸 쪽이라. 솔직히 무모한 승부처럼 보입니다. 그보다는 또다시 바깥쪽 공을 던지기 위한 트릭일 가능성이 커 보입니다.

－하기야 필 존스가 우투수의 몸 쪽 공을 상대로 3할 8푼대의 타율을 기록하고 있다는 걸 아담 앤더슨도 모르지는 않겠죠.

로키스 해설진은 아담 앤더슨이 필 존스를 속이기 위해 몸 쪽 리드를 하는 것처럼 구는 것뿐이라고 단언했다.

설마하니 타격감이 절정에 오른 필 존스에게 몸 쪽 공을 던질 것이라고는 생각지도 않았다.

하지만 한정훈이 내던진 공은 정확하게 필 존스의 몸 쪽으로 향했다. 게다가 어찌나 꽉 차게 들어오던지 필 존스는 이번에도 방망이를 내밀지 못했다.

"스트라이크!"

포구를 확인한 구심이 팔을 들어 올렸다. 필 존스가 깊었다고 항의를 해봤지만 구심은 고개를 가로저었다.

'오늘 구심은 좋은데?'

아담 앤더슨이 씩 웃으며 한정훈에게 공을 돌려주었다.

지난 로키스전 구심은 몸 쪽 공에 지나치게 인색한 편이었다. 게다가 낮은 쪽 스트라이크도 잘 잡아 주지 않았다. 그래서 한정훈뿐만 아니라 로키스 투수들도 투구에 애를 먹어야 했다.

하지만 오늘 구심의 스트라이크존은 생각보다 넉넉했다. 초구에 던진 바깥쪽 공과 2구째 몸 쪽 공 모두 아슬아슬한 코스였지만 구심은 망설이지 않고 스트라이크를 선언했다.

'어디 낮은 쪽은 얼마나 잡아 주나 볼까?'

아담 앤더슨이 시험 삼아 바깥쪽으로 미트를 움직였다.

구종은 J-스플리터.

지난 경기에서 필 존스가 거들떠보지도 않았던 구종이다.

"아슬아슬하게 던져 달라 이거지?"

한정훈은 사인만으로 아담 앤더슨의 의도를 알아챘다. 그리고는 아담 앤더슨의 요구대로 가상의 스트라이크존 오른쪽 아래 꼭짓점을 향해 공을 내던졌다.

후아앗!

한가운데로 날아오던 공이 바깥쪽으로 휘어지듯 빠져나갔다.

'낮은 스플리터!'

필 존스는 반쯤 빠져나온 방망이를 멈춰 세웠다. 공의 궤적 상 당연히 볼일 것이라고 판단했다.

그러나 아담 앤더슨은 한정훈이 던진 공을 볼이 되도록 내버려 둘 생각이 없었다. 그저 보여주기식 공을 원했다면 애당초 아슬아슬한 코스를 요구하지도 않았을 것이다.

퍼억!

아담 앤더슨이 오른팔을 쭉 뻗으며 공을 받쳐 들었다. 그러자 스트라이크존 밑으로 떨어지던 공이 아슬아슬하게 걸친 것처럼 느껴졌다.

물론 경험 많은 구심이 이 정도 프레이밍에 속아 넘어갈 리는 없었다. 하지만 구심이 좌우만큼이나 아래쪽도 넉넉하게 잡아 줄 마음이 있다면 아슬아슬하게 느껴지는 공을 보고 흔들릴 가능성도 배제할 수 없었다.

'제발……!'

포구 위치가 흔들리지 않게 팔에 단단히 힘을 주며 아담 앤더슨이 구심의 콜을 기다렸다.

그 노력이 통한 것일까.

"스트라이크, 아웃!"

아주 잠깐의 망설임 끝에 구심이 삼진을 외쳤다. 그러자 필 존스가 말도 안 된다며 펄쩍 뛰었다.

"눈이 삐었어요? 이게 어떻게 스트라이크예요?"

아담 앤더슨의 프레이밍을 떠나 공의 궤적 자체가 낮았다. 우타석에 들어섰다면 무릎 바로 앞쪽으로 파고들 정도였다.

그러나 구심의 표정은 단호했다.

"들어왔어."

"장난해요?"

"들어왔다니까? 그리고 계속 이렇게 항의하면 퇴장이야! 알아들어?"

구심이 언성을 높이자 필 존스가 입술을 깨물며 물러났다. 백번을 다시 생각해도 볼이 확실해 보였지만 그렇다고 첫 타석부터 구심과 언쟁을 펼쳐 봐야 좋을 건 없었다.

뒤이어 타석에 들어선 JJ 르메이휴는 평소보다 반걸음 정도 홈 플레이트에서 떨어졌다. 필 존스를 꼼짝 못 하게 만들었던 J-스플리터가 머릿속을 떠나지 않은 탓이었다.

지난 경기에서 JJ 르메이휴는 마지막 타석 때 한정훈에게 안타를 때려냈다. 사사구로 출루한 필 존스가 한정훈의 심기를 어지럽혀 준 덕을 톡톡히 누린 결과였지만 어쨌든 그 안타로 인해 3번 타자 카를로 곤잘레스의 3점 홈런이 터질 수 있었다.

JJ 르메이휴는 한정훈이 로키스 강타선을 상대로 오늘 잘 들어가는 J-스플리터를 적극 활용할 것이라 여겼다. 그래서 타석에 들어서기 전에도 한정훈의 스플리터를 머릿속에 그렸다.

그러나 정작 한정훈-아담 앤더슨 배터리는 초구와 2구, 3구를 연속 바깥쪽으로 던지며 JJ 르메이휴를 꼼짝 못 하게 만들었다. 포심 패스트볼, 커터, 그리고 백도어성 투심 패스트볼까지 전혀 다른 구종의 공이 바깥쪽 스트라이크존을 훑고 지나는 동안 JJ 르메이휴는 방망이 한 번 내밀지 못했다.

투 아웃.

지난 경기에서 한정훈의 투구 수를 늘리는 데 큰 역할을 담당했던 테이블 세터가 연속 타자 삼진으로 맥없이 물러나자 로키스 중계석은 침묵에 빠져들었다. 반면 양키즈 중계진은 이럴 줄 알았다며 보란 듯이 목소리를 높였다.

-한정훈, 오늘 초반 페이스가 아주 좋습니다.

-네, 오랜만에 연속 타자 삼진이죠? 환상적인 공으로 타

자들을 바보로 만들어 버렸습니다.

　-그런데 오늘 구심의 스트라이크존이 좀 넓은 것 같은 느낌인데요.

　-그거야 상관없죠. 스트라이크존은 구심의 재량이니까요. 다만 양키즈 타자들 역시 넓은 스트라이크존에 고전할 것 같다는 생각은 듭니다.

　-이제 3번 타자 카를로 곤잘레스의 차례입니다. 지난 경기에서 한정훈의 승리를 앗아갔던 선수인데요.

　-누차 말씀드렸듯 그건 쿠어 필드에서나 가능한 홈런이었습니다. 양키즈 스타디움에서는 어림도 없죠.

　-그래도 카를로 곤잘레스, 표정이 제법 매섭습니다.

　-아직은 잘 모를 겁니다. 진짜 한정훈의 피칭을요. 하지만 이제 곧 알게 되겠죠.

　호르에 포사다의 호언장담 속에 한정훈이 초구를 내던졌다.

　후아앗!

　사방으로 비산하는 로진 가루 속에서 새하얀 공이 카를로 곤잘레스의 몸 쪽으로 빠르게 날아들었다.

　'걸렸다!'

　한정훈이 내심 몸 쪽 공을 던져 주길 바라던 카를로 곤잘레스가 기다렸다는 듯이 방망이를 휘둘렀다.

비록 전성기를 지나긴 했지만, 전매특허인 번개 같은 스윙이라면 한정훈의 몸 쪽 공도 충분히 잡아낼 수 있다고 여겼다.

그런데…….

퍼엉!

방망이가 겨우 허리를 빠져나오려는 순간 묵직한 포구음이 카를로 곤잘레스의 귓불을 때렸다.

"……!"

카를로 곤잘레스가 눈을 부릅떴다. 분명 잡았다고 생각한 공인데 자신의 예상보다 훨씬 빠르게 홈 플레이트를 스쳐지나 버렸다.

당황한 카를로 곤잘레스의 시선이 자연스럽게 전광판으로 향했다.

103mile/h(≒165.7㎞/h).

숫자만 놓고 보자면 지난번 경기 때와 별반 다를 바 없는 구속이었다. 하지만 체감 구속은 지난번에 보았던 공보다 몇 마일은 빠르게 느껴졌다.

'젠장. 뭐가 어떻게 된 거야?'

자신만만하던 카를로 곤잘레스의 표정이 살짝 굳어졌다. 그 모습이 중계 카메라에 잡히자 호르에 포사다는 자신의 예언이 실현됐다며 깔깔 웃어댔다.

　　-아마 카를로 곤잘레스는 꿈을 꾸는 기분일 겁니다.
　　-하하. 바로 전 경기에서는 이러지 않았으니까요.
　　-하지만 이게 진짜죠.
　　-맞습니다. 이게 진짜고, 지난 경기 때는 진짜가 아니었습니다.
　　-그걸 카를로 곤잘레스가 빨리 깨달아야 할 텐데요.
　　-과연 이번 타석이 끝나기 전까지 그 사실을 알게 될지 궁금해지는군요.

　　양키즈 중계진의 조롱 속에서 카를로 곤잘레스는 신중하게 타석에 들어섰다.
　　마운드에 서 있는 한정훈은 지난 경기 때보다 자신감에 차 있었다. 표정은 별반 다를 게 없었지만 날카로운 눈빛이, 당당한 행동들이 그 사실을 일러주고 있었다.
　　'저걸 놓치다니.'
　　카를로 곤잘레스는 지난 홈런에 취해 있던 자신을 반성했다. 눈앞의 한정훈을 쿠어 필드에서 만났던 한정훈이라고 우습게 여긴 게 실수였다.
　　카를로 곤잘레스는 길게 숨을 골랐다. 그리고 천천히 방망이를 들어 올렸다.

'날 삼진으로 돌려세우려고 하겠지. 그것도 가능하다면 3구 삼진으로 말이야.'

한 방 먹긴 했지만 카를로 곤잘레스는 한정훈의 노림수가 훤히 들어왔다. 저 나이 때 에이스 노릇을 하는 투수는 대부분 성급하고 저돌적이었다. 게다가 자존심이 지나치리만치 강했다.

상대 팀의 중심 타자들을 상대할 때에도 공이 잘 들어간다 싶으면 주저하지 않고 공을 던졌다. 그 패기가 지나쳐 다 이긴 경기를 몇 차례 망치기 전까지는 신중함이라는 단어의 의미를 모르는 경우가 많았다.

'스물둘이라고 했지?'

카를로 곤잘레스는 만으로 22살인 한정훈도 그런 부류와 별반 다르지 않을 것이라고 여겼다.

몸 쪽 공을 던져 자신을 꼼짝 못 하게 만들었으니 2구도, 어쩌면 3구까지도 몸 쪽 승부가 들어올 가능성이 크다고 판단했다.

자연스럽게 카를로 곤잘레스의 머릿속으로 미묘하게 다른 두 개의 포심 패스트볼이 나타났다.

하나는 지난 경기에서 상대해 봤던 포심 패스트볼이었다. 빠르고 날카로웠지만, 생각만큼 볼 끝이 지저분하지는 않았던 중심에만 맞추면 알아서 장타로 연결될 만한 공이었다.

반면 다른 하나는 생각보다 더 빠르고 더 날카로우며 마지막 순간에 마치 솟구쳐 오르는 것 같은 공이었다.

과연 둘 중 무엇이 들어올 것인가.

잠시 고심하던 카를로 곤잘레스는 두 번째 공의 궤적을 머릿속에서 지워 버렸다.

'우연일 거야. 컨디션이 좋아서 하나 얻어걸린 게 틀림없어.'

카를로 곤잘레스는 구장이 바뀌었다고 해서 한정훈의 포심 패스트볼이 질적으로 달라지는 않을 것이라고 확신했다. 그래서 머릿속으로 지난 경기 때의 포심 패스트볼을 새겨 넣었다.

물론 한정훈의 컨디션을 고려해 방망이를 조금 더 간결하게 끌고 나올 생각이었다. 그렇게만 한다면 지난 경기에서처럼 한정훈의 공을 얼마든지 공략할 수 있다고 확신했다.

하지만 한정훈의 손끝을 빠져나온 공은 카를로 곤잘레스의 예상을 완전히 빗나가 버렸다.

일단 코스부터 어긋났다. 한가운데로 날아들던 공은 중간 지점에서 점점 바깥쪽을 향하더니 마지막 순간에 노림수의 영역을 완전히 벗어나 버렸다.

게다가 공도 포심 패스트볼이 아니었다.

체인지업.

좌타자 바깥쪽으로 흘러나가는 듯한 체인지업이 당당하게

스트라이크 선언을 이끌어냈다.

'당했군.'

체인지업에 잠시 시선을 빼앗긴 카를로 곤잘레스가 고개를 흔들어댔다.

당연히 승부가 들어올 것이라고 예상했는데 자신의 허를 찌르는 체인지업이 들어와 버렸다. 한정훈이 던지는 구종 중 가장 때려내기 좋다고 알려진 녀석이 말이다.

"후우……."

카를로 곤잘레스가 길게 숨을 내쉬었다.

몸 쪽 코스에 집착하지 않았다면, 조금만 더 유연하게 생각했다면 체인지업을 놓치지 않았을 텐데.

마치 상대가 한가운데로 던진 실투를 멍하니 지켜본 듯한 기분마저 들었다.

'투 스트라이크를 잡았으니 이번에는 유인구겠지.'

카를로 곤잘레스는 머릿속으로 스플리터를 그렸다. 볼카운트가 몰린 좌타자를 상대로 한정훈이 빈번히 던지는 유인구이자 승부구가 바로 스플리터였다.

'바깥쪽으로 흘러나가는 스플리터는 아니야. 이번에는 확실히 몸 쪽을 노릴 거야.'

카를로 곤잘레스가 빠르게 생각들을 정리해 나갔다. 하지만 한정훈은 카를로 곤잘레스가 느긋하게 노림수를 갖도록 기다려 줄 생각이 전혀 없었다.

'어디 자신 있으면 때려봐라!'

구심의 사인이 떨어지기가 무섭게 한정훈이 곧바로 투구 동작에 들어갔다.

후아앗!

날카로운 바람 소리와 함께 한정훈의 손끝을 빠져나간 공이 카를로 곤잘레스의 몸 쪽을 파고들었다. 그러자 카를로 곤잘레스도 기다렸다는 듯이 방망이를 휘돌렸다.

후웅!

제법 매서운 스윙 소리가 아담 앤더슨의 귓가에 울렸다. 하지만 그보다 먼저 손바닥을 파고든 짜릿함이 아담 앤더슨을 몸서리치게 만들었다.

"스트라이크, 아웃!"

포구 소리를 확인한 구심이 기다렸다는 듯이 삼진을 선언했다.

"크으윽!"

한껏 허리를 휘돌렸던 카를로 곤잘레스의 얼굴이 와락 일그러졌다. 그렇게 한정훈 주연의 복수혈전의 막이 올랐다.

to be continued